探してるものは
そう遠くはないのかもしれない

新井見枝香

はじめに

大学生の新人アルバイトが、初日に逃亡した。マンツーマンの2時間研修を終え、昼休憩に送り出したが最後、そのまま帰って来なかったのである。

ロッカーに荷物も置いたままだったので、どこかで倒れているのかと心配して電話をかけてみたら、あっさり出る。出るのかよ。

そして「本屋向いてないッス」という衝撃のひと言を残し、退職した。

向いてないッスか。そうッスか。採用したほうも、相当面接向いてないッスね。

2時間分の給料はいらないそうだ。さすがにこれで受け取ったら、二度とこの店の敷居は跨げないだろう。

予定は狂ってしまったが、今日の人件費が節約できてラッキーとでも思おうか無理矢理ポジティブに。

しかし君に貼りついて仕事を教えた私の2時間はプライスレス。貴重な時間ってことじゃない。何も利益を生んでない無価値な時間って意味のプライスレスだ。

給料泥棒は私ですか？

はじめまして、泥棒です。37歳、独身です。

会社では日々、ナチュラルにトラブルを起こしています。

恋人は何年もいません。好きな人はいますが、ステージの上から降りてきません。

大人になったらできるだろうと思っていたことが、何もできていません。

会社員に向いてない。

結婚に向いてない。

大人に向いてない。

エッセイを書いてみて、改めて自覚しました。

私も生きるのに向いてないッスとか言って、逃げ出したいです。

目次

#02 結婚に向いてない

#03 大人に向いてない

#04 たまには向いてることもある

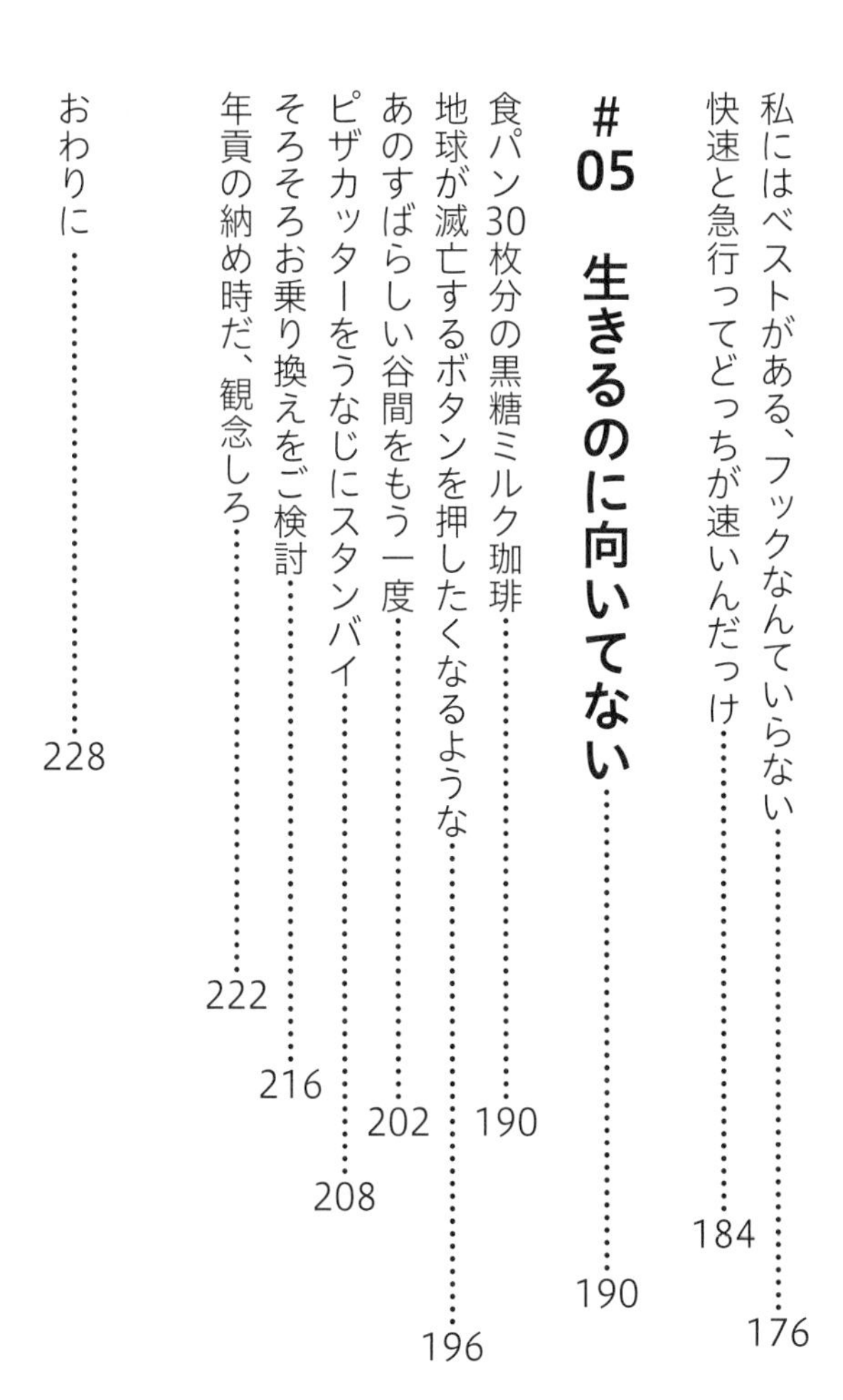

#01 会社に向いてない

アルパカ課長と私

私の直属の上司も、かつて書店員業の傍ら、本を出版したことがあった。仮に名前は「アルパカ課長」としておこう。

本が大好きで、心がきれいで、おもしろくて明るくて座持ちがうまくて、よく見るとかわいい顔をしている人気者書店員。

業務内容だけでなく、そういうキャラまでもろ被りのため、私にとってアルパカ課長は少々疎ましい存在である。

いくら上司とはいえ、湧き上がる対抗心は抑えきれず、アルパカ課長宛のＣＣメールが自分に届くと、ムッとして読むのを後回しにしてしまうのだ。どうせ私はＣＣなんだろ？　とすねているのである。

確かにそこに存在すると誰もが知っているのに、いないようなてい。いじめられているわけではないけれど、存在を無視されているみたいな状態。

CCメールって、あの夏の日の居心地の悪さを思い出すわね。

そう、あれは恋人の友人たちが集まるパーティーに連れて行かれた時のこと。照れなのか「こいつ俺の彼女」という紹介がなされないまま、見知らぬ人たちとバーベキューをしなければならなかった。この時の私の気持ち、想像できるかしら？

内輪ネタで盛り上がる中、私だけが別のレイヤーにいる。これって出来の悪い恋愛シミュレーションゲーム？　同じバーベキューは食べているのよ。食べることは一応許されてる。でも、私はひとり、焦げたかぼちゃを「タレ取って」の一言が言えずに、モソモソ食べていたんだわ。

何の話だ？

そもそも、大人になってからバーベキューをしたことなどない。バーベキューとは、マックのナゲットにつけるタレだと思っている。

大好きなバンドのファンクラブ旅行で、メンバーとバーベキューをするイベントがあると知って、慌てて申し込みをキャンセルしたほど、似合わないと思っている。バーベキューなんて浮かれた場所に連れて行っていただけるほど、上位にランキングされたことが、私には一度もないから。

恋人が浮気をしたことを責めたら、そもそもこれが浮気ではないかと返されたことがあった。ギョッとするほど冷静なツッコミだ。そうだそうだ、私はギリギリベスト10に食い込んだだけの女だった。

何を言わせるんだい。

私はＣＣの話をしているのだ。アルパカのような優しい目で見ないでほしい。

メールに対して何か思うところがあれば、私がそのまま「全員に返信」ボタンを押して割り込むこともできる。だがそれは、ＣＣアルパカメールになってしまう。自分が嫌なことは、他人にとっても嫌であることが多い。退屈な会議も、面倒な報告書も、アルパカ課長は嫌だと言っていた。シンパシーを感じた。

それなのに、私はＣＣしちゃうのか？

でも主張はしたい。思ったことは言わずにいられない。ええい、ままよっ。

冒頭に入れる「アルパカの代わりに返信させていただきます」という一文に、ピリッとしたスパイスが滲み出たかもしれない。しかし、入れなければ入れないで、ＣＣのくせに何コイツ、と甘く見られる可能性がある。

常にアルパカの温かい吐息を感じながら、あのモフモフなど存在しないようなていで商談を進める先方と私。

なんだかデカい話になってきたぞ。うまいことといったら社長賞か？　という段になって、突然先方からの返信は、信頼あるアルパカ課長宛に変わった。

新井はＣＣに降格。

こういう出来事が、燻り続ける私の心を団扇で仰ぐのだ。おい、パタパタするのはやめてくれ。アルパカ課長への対抗心が、燃え上がってしまう。

あぁ、メラメラ。このままでは言ってはいけないことを言ってしまいそうだ！

「言ってはいけない」といえば、そういうタイトルの新書がある。

皆が見て見ぬふりをするタブーにあえて突っ込んでいったこの勇気ある本は、すでに50万冊以上売れている。立ち読みでつい夢中になって読破したり、エア行列に並んでまで図書館で借りた人を含めれば、５０００万人は下らない計算だ。つまり日本人の約半分は「言ってはいけない」ことを言っちゃう人がだーい好きなのだ。

その本には、こんなサブタイトルが付いていた。

「残酷すぎる真実」

ここで冒頭の話に戻る。

脱線しているように見せかけて全てが伏線だった、というミステリ小説によくある高度なテクニックを用いた。

そして読者の期待に応えて、今からタブーに踏み込むとしよう。

アルパカ課長が「ＰＯＰ王」名義で出した本は……、残念ながら売れなかった。私もいつかは買わないといけないと思いつつ、まだ買っていない。

そのため重版もされず、今ではもう、書店の棚で見かけることもない。アマゾンで中古品を買うしかない。

勇気ある私は、実際に売れた冊数やレビューなどを調べた。

すると、さらなるタブーにぶち当たってしまった。

すでに発行元の出版社が倒産していて、アルパカ課長の本は幻となっていたのだ。これ以上残酷すぎる真実には耐えられないので、倒産の理由は追求しないことにする。

上司の背中を見て学ぶ部下は、今度こそ売れる本を作らねばならない。ひいてはそれが、上司の汚名を返上することにもつながる。

手段など選んでいる余裕はない。

まず1章目に、このエッセイを持ってくることにした。
本を開いたアルパカ課長は「アルパカ課長と私」と題されたエッセイに凍りつく。
一体何を書かれたのか。不安で買わずにはいられない。たとえ一冊500円でも、
足元見やがって！　と思いながらも、買うしかない。
まさか部下が身を削って書いた本を、立ち読みで終わらせるような上司など、この
世にいるわけがない。
良いことが書いてあれば、周囲に宣伝して歩くだろうし、その逆であれば、市場在
庫を消したくて、可能な限り買い占めるだろう。（一体どんな内容だ）

どちらにせよ、この勝負、私の戦略勝ちだ。
自分のことが書かれていると聞けば、人はその本を買わずにはいられない。
この後も、身近な人を戦略的に登場させていこう。
ふは！　ふはは！

世界一信用できない正社員

現在の雇用形態は正社員だ。20代後半からアルバイトで入社し、契約社員を経て、今に至る、そうさ俺は成り上がり。警察組織でいうと、交番、機動隊、捜査一課ばりの、華麗なホップステップアップだ。我ながら、ようがんばった。

しかし、ここまできて今さら言うなよって感じだが、結婚と同じで、してみないとわからないものである。

どうやらあたい、正社員に向いてないみたい。

それでもなんとか、3年も続けているのは、やめられないからだ。

甘栗の袋がいつの間にか空っぽになる「やめられない」ではなく、ジョーズが自分を追いかけてくる時の無呼吸クロール的な「やめられない」である。やめたら死ぬ。

つまり今の生活は、正社員の特権であるボーナスが支給されなければ、確実に崩壊する状態ということだ。

10代の頃は、まだバブルが弾ける前で、父親の経営する会社は絶好調。娘可愛さに、親がホイホイ小遣いを与えたため、前頭葉が未発達に、つまり我慢ができない子に育ってしまった。我慢しようとすると、頭が締めつけられるように痛むのっ！

まあバレてるだろうけど、それは嘘です。ひどい嘘に、前頭葉が痛くなりそう。思えば、子供の頃から嘘が下手で、トランプのダウトは著しく弱かった。大人になってからもそれは変わらず、たとえばクレーマーに頭を下げると、貴様なんだその顔はぁぁ！　と火に油を注いでしまう。どうやら、顔に「私は悪くない」と書いてあるらしい。でも、ひょっとこのお面を被って謝ったらもっと怒るでしょう？

嘘が吐けない誠実な人間という意味の「嘘下手」ではなく、吐いた嘘がことごとくバレてしまう、思ったことがすべて顔に出てしまう「嘘下手」なのだった。

はたしてそれは正直な人間と言えるのか。

正直ならそもそも嘘を吐かないから、バレるもなにもない。

「信念に反するので」とダウトへの参加は断固拒否し、クレーマーに対しても「お客様それは言いがかりというものでございます」と目を見て正論を述べる。

案外、そういうサイコパスっぽい対応をしたほうが、クレーマーが尻尾を巻いて逃げたかもしれないね、ハハハ。


と確信犯的に脱線して、笑いながら本筋から逃げてしまおうという魂胆だったが、ベテラン編集者は騙されなかった。

新井さん、僕の目を見てください。頬は染めなくて結構。

何か隠していますね？　このままでは、この本を読んだ親御さんが泣きますよ。


そうだそうだ、両親は何も悪くない。

我慢ができない子になったのは、出会ってしまったせいだ。

恋に恋焦がれ恋に泣く、あのビジュアル系バンドに――。

まだ中学生だった私は、親の金でライブに通い、ＣＤやビデオを買い集め、過去のデモテープをオークションで競り落とし、あまつさえ地方公演にまで足を延ばした。北は北海道、南は鹿児島まで、お小遣いをもらって日本全国ライブの旅。

さすがにそうなると、学校の出席日数もギリギリだ。

平たく言えば「男に入れあげている」バカ娘に、汗水流して稼いだ金をせっせと与え続けちゃっている状態。

函館から広島まで行脚し、２週間ぶりに帰ってきた娘に、父親の怒りは爆発した。そらするわ。

「〇ＬＡＹと心中するつもりかっ！」

優しかった父親が、初めて娘を怒鳴った瞬間である。（でも殴れない）

もちろん〇ＬＡＹは何も悪くないが、我慢をしないで好きなバンドのライブに行くという幸せを知ってしまったため、37歳になった今も、○LAYでこそないが、ビジュアル系バンドのライブに行きまくって貧乏なのである。

それを我慢できないのが前頭葉のせいだとしたら、親のせいではなく、ライブで頭を振りすぎてどこかにぶつけたかしたのだろう。

で、雇用形態の話だ。

自分で書いていて、どうしてそこまでダイナミックに脱線できるのかわからない。これもヘドバンの後遺症か？　もしくは脱線っていう、脱腸みたいな病気かもしれない。大きな病気を患ったら、正社員ならなんとかなっても、アルバイトの場合、まず退職は免れないのが現状だ。

知り合いの書店員の話だ。結婚相手が海外転勤になったため休職を願い出たところ、たった1年の期限付きだったにもかかわらず、許可されなかったと肩を落としていた。

彼女は本当にデキる書店員だった。異性から求婚されるくらいだから、人間的にも素晴らしく、私のようにこじらせてもいない。山にも登れるらしいから、ずいぶんな健康体なのだろう。私は登れない。

正社員ではなかった、というかたちだけが、彼女を退職に追い込んだ。これは出版業界の大きな損失である。

私は、職質した人間が偶然指名手配犯だった的ラッキーにより、たまたま正社員だ。ここまでのエッセイを読むだけでなんとなくおわかりかと思うが、正社員だからといって、必ずしも仕事が出来るわけではないし、誠実な人間とも限らない。

私は私を世界一信用していない。全然えらそうに言うことではないが、これだけは断言できる。なぜなら、いつもがっかりさせられるからだ！　がっかりだよホント！

自分を必要以上に卑下する趣味はないが、私が雇用形態や役職で人を判断しないのは、自分の例があるからにほかならない。

私のことを「新井主任」ではなく「あらいー」と呼び捨てする人にこそ、私は一目置いているくらいだ。

報告と連絡と相談のバターソテー

近所のスーパーNには、地元産の葉物野菜が並んでいる。

小松菜、ほうれん草、青梗菜は定番だが、ちょっと珍しいのらぼう菜、あぶら菜、かき菜、わさび菜、つるむらさきなんかを見つけると、脳内に緑の汁がほとばしって、カゴにバカスカ放り込んでしまう。

おひたしにしたり、油で炒めたり、ゴマ油でナムルにしたり、アクがなさそうなら生で食べてみたり、野菜そのものの味を堪能できる調理法が好きだ。一面緑のインスタ映えない写真を撮っては、寝る前に眺めて喜んでいる。

子供の頃は、野菜といえばさつま芋とじゃが芋と里芋しか食べなかった。

それでも会社を一度も休まないほどの健康体に育ったので、栄養バランスとはなんぞやとも思うが、あの偏食っ子がボウルいっぱいの菜っ葉をむしゃむしゃするなんて、何かが憑依（ひょうい）したか、別人に生まれ変わったとしか思えない。

直木賞を受賞した佐藤正午氏の『月の満ち欠け』も、幼い娘が高熱で数日寝込んだ後、突然大人びた言葉を使ったり、知るはずのない昭和の歌を歌ったりするようになる物語だった。

異変に気づいた母親は、別人のようになってしまった娘に戸惑い、恐怖すら感じる。

しかし私の母は、違った。

娘の変異を、とびあがらんばかりに喜んだのだ。別人になったことを喜ばれる娘って。

ピーマンの肉詰めをピーマンごと齧（かじ）れば大騒ぎ。にんじんって美味しいねと言えば、グラッセ、ポタージュ、天ぷら、しりしりと、うんちがオレンジ色になるほどにんじん責めに遭う。

あれほどごはんを作ることが楽しそうな人を、私は人生で見たことがない。

偏食の私と、偏食じゃない私に似た宇宙人だったら、母は後者を取るような気がするが、母さんそれは宇宙人だ。

口がシワシワするのが苦手だったほうれん草も、今では菜っ葉ベストスリーに入るほど、大好きだ。シンプルなバターソテーなど、ビールのあてにたまらない。

報告、連絡、相談の、ほう、れん、そう、は苦手なままだが。

店舗にいた頃の店長に、ちょっと来い、とドーナツ屋へ連行された。当時アルバイトだった私は正社員になり本部へ異動、店長はエリアを統括する副部長に昇進している。

こうして差し向かいで話すのは3年ぶりくらいだろうか。

仮にトラ副部長としよう。彼は仕事をするうえで、人との繋がりやコミュニケーションを最も大事にするトラ。別に語尾はトラじゃなくていいトラのだけど。だからこそ、こうして直属の上司でもないのに、元部下にドーナツをご馳走してくれるトラよ。

いただきます。ドーナツを8秒温めてもらうと、生地がふんわりほどけて美味しくなる。

ペロッと食べ終わって、そのドーナツと同じくらい気が緩んだところで「またお前は《ほう・れん・そう》を怠っているだろう」と指摘されてしまった。どうやら出世祝いではなかったようだ。

社内のホワイトボードに何も書かずに、どこかへ行ったまま何時間も帰ってこない。今どんな仕事を抱えているのか、誰も把握していない。

偉い人たちが集まる会議で、新井は一体何をやっているのかと、大変問題になっているそうだ。

出ました、ザ・会社に向いてない人。

現在の職場は、本店ビル上層階にある本部だ。ちょっと売場へ下りるのにも、来客があって応接室に出向くにも、いちいちホワイトボードに書いて、戻ってきては消す。その作業が、どうしても私にはできないのだった。

叱られるとしばらく書くが、すぐに書かなくなってしまう。基礎体温みたいなものだ。測ったことはないが。

どうしてもできないことって、大人でもあるだろう。

頭ではやるべきだとわかっていること、整理整頓とか親孝行とか、将来を見据えた貯金とか、そんな類いと一緒だと思ってもらえれば。

行き先やスケジュールだけでなく、こういう企画を誰と進めて、どこで何をどんな風に売ってどれくらい成果があったのかの報告も、怠る傾向にある。

それがないと「あいつは何もしていない」と会社は判断する。評価はダダ下がりだ。

それがわかっていても、どうしてもできない。成果が出る頃には、次の企画のことで頭が一杯なのだ。

食べなければ痩せるのはわかっているのに、どうしても食べてしまうのと同じくらいのどうしようもなさで、できない。

定年するまで、このままナチュラルにトラブルを起こし続けるのだろうか。上司もうんざりだろうが、私だってできればもう別人に生まれ変わりたい。

私が菜っ葉星人に生まれ変わったのは、高熱で寝込んだせいではない。

直木賞受賞作のような、神秘的でドラマティックな人生ではないのである。

きっかけは、当時流行っていた、りんごダイエットだ。

朝昼晩、りんごりんごりんご。好きなだけ食べてもいいとはいえ、摩り下ろしても凍らせてもりんごはりんご。

数日でりんごを見るのも嫌になる。

好き嫌いは多いくせにくいしんぼうの私は、1週間も経たずにりんごダイエットの限界を感じた。

精神的飢えで朦朧（もうろう）としながら自宅の冷蔵庫を覗くと、すぐに口に入れることができそうなものを必死に探し――。

貪るように口に入れた作り置きの筑前煮は、頭にドーンと花火が上がるほど美味しかった。

煮汁が染みたタケノコって、なぁんて甘くて美味しいのでしょう。

りんごダイエットで深刻な飢えを体験してからというもの、口にするものは間違えて食べた石鹸以外何でも美味しくて、すっかり好き嫌いが治ってしまったのだ。

これだから飽食の時代に生まれた子はいけません。

喉元過ぎれば何とやらで、りんご嫌いもあっさり治った。

それでは応用編です。

これを、会社でちゃんとできない私に置き換えてみましょう。

会社をいったん追い出して、無収入を体験させます。

貯金はないので、あっという間に飢えます。

新井がもう限界とゴミを漁り始めたところで、会社に戻してやると、おそらく新井は今まで以上に優秀な会社員新井になっているでしょう。

ほうほうれんれんそうだんだんで、もうそんなことまで報告しないでくれ気持ち悪い！と上司が泣いて逃げ出すほどの生まれ変わりっぷりです。飢えは人格を変えます。

問題は、ダイエットのような気軽さで、一度辞めた会社に戻してやることは難しいということだけです。

賞味期限切れのボルシチ

ガラスケース越しに注文するのではない、セルフ式のミスドが増えた。自分で選び取る権利を手にした客は、トングを片手に、目をギラつかせる。苺狩りや山菜採りに近い興奮を感じているのだろう。

チョコレート生地に貼り付いた黄色いカリカリがどうも少ないように見えるドーナツや、クリーム入りのふんわりした生地が心なしか萎んだドーナツを避けて、より良いドーナツを、そして新鮮そうなところを奥から引っ張り出す。

コンビニで菓子パンを買うときに、いちばん奥から取り出せば、製造日がいちばん新しいということを知っているからだ。

しかし、私ではない人が食べればいいと思ったちょっと不格好なドーナツは、もちろん私ではない人たちからも敬遠される。

避けられ続けてヨレヨレになったドーナツ選手は、タイムオーバーで判定負け。お前らふざけんなよ！　自分を棚に上げて、ドーナツを見た目で選びやがって！　このままゴミ袋行きなんて嫌だー！　嫌だー！　だーだー！……という怒りと無念の叫びが、バックヤードへと遠ざかっていくのが聞こえるか。

並んでいるドーナツは子供が指で突っついたかもしれないし、客の唾が飛んでいるかもしれないから、新しいのを揚げて出せと無茶な要求をする客まで現れた。研修中バッジをつけたレジ係は、かしこまりましたーと安請け合いをして、バックヤードのベテラン揚げ係に伝える。はぁ？　何言ってんだ。オールドファッションはさっき揚げたばかりで、また揚げたら大量のロスが出てしまう。

昔は余ったドーナツを持ち帰ってもよかったが、今は全て廃棄処分だ。くそう、唾が嫌なら駄菓子屋のヤングドーナツでも買ってろ！　あれなら個包装だ！

このように、セルフ式は接客時間の短縮になるが、廃棄ドーナツは増えてしまう。一昔前の飲食店は、従業員による持ち帰りが当たり前だった。実際私も小学校の頃、クラスメイトのお姉さんが大手チェーンのパン屋でアルバイトをしていて、売れ残ったパンドミを1斤まるごともらった記憶がある。なんておいしい仕事なんだと思った。そのために、パン屋のアルバイトに応募したこともあるほどだ。

その合同面接会の帰り道で、書店アルバイトの貼り紙を見て浮気した結果、今がある。先見の明だ。途中からパンが持ち帰れなくなったら、私は仕事へのモチベーションを保てなかっただろう。

最近では、まず大手チェーンは、そういったことを禁止している。衛生上の問題という話も聞くが、どうだろう。

書店と掛け持ちでアルバイトをしていたスープ屋も、翌日に持ち越せないスープは廃棄していた。その時点では賞味期限が切れていないが、翌朝出すには、味が劣化してしまう。チェーン店なので、勝手にスーパーの見切りシールを貼るようなこともできない。

寸胴鍋に入った熱々トロトロのそれを、シンクにジャーと流せるわけもなく、オマール海老の香りを振り撒く、腕が手長海老になりそうなほど重たいゴミ袋を、泣く泣く駅ビルのゴミ捨て場までずるずると運んだものだった。

スープ専門店で働くくらいだから、従業員にスープ嫌いはいない。息子と同じ弁当を持参した主婦や、カップラーメンで済ませる予定だった大学生も、働いているうちにボルシチから立ち上るトマトの甘酸っぱい香りや、野菜スープの具だくさんっぷりにやられて、ついつい休憩時間にスープを買ってしまう。

もともとの価格設定が高いので、従業員割引があっても家計には優しくない。

私も近所の松屋に行ったあと、食後のコーヒーのような顔をしてボルシチを飲んでいた。牛肉やにんじんがゴロゴロ入っていても、スープは飲み物である。しかし、明らかに予算オーバーのため、少なくとも牛丼ではなく豚丼を食べるようにしていた。

もし、売れ残りをタダで持ち帰ることができたとしたら、スープ屋はどうなっていただろうか。

まずキッチン係の意識が変わる。

早々と売り切れてしまってはお客様に怒られるし、たっぷり残してしまえば店長に怒られるというダブルの緊張感から解放され、ぼんやりとした顔つきになった。ロスをたくさん出せば、みんなに喜ばれるから、ついヘラヘラと作りすぎてしまう。

そしてフロア係も、スープを売り切る努力をやめる。セールストークや店の前での呼び込みなど、しなくていいならそっちのが楽だ。

自分がたっぷり持ち帰るために、閉店間際など「客よ、来るな！」と祈ってしまう堕落っぷり。

そんなアルバイトを教育する立場の店長も、つい見て見ぬふりをしてしまう。自分も持ち帰ったことがあるからだ。その時だけは、いつも冷たい嫁が優しかった。あわよくば今日も持ち帰りたい。オーロラ級に貴重な嫁の笑顔を拝みたい。

そう思って買って帰ったこともあったが「無駄遣いして」と怒られた。

タダで持ち帰れば、得したと大喜びするのだから、女心はよくわからない。おまけに冷え込む今日は、こってり濃厚なポタージュ系がいいな、とＬＩＮＥでリクエストまで届いている。確かに、ポタージュの売れ行きが良い。このままでは売り切れてしまいそうだ。

掃除のフリをして表に出た際、メニューボードにちょっとした細工を施した。ポタージュの上に、売り切れシールを貼ったのだ。この程度なら、うっかり間違えてしまったと言い逃れができる。しかし緊張で手が震えた。汗がぼたぼたと垂れる。入店した客が、そんな店員を見て嫌な顔をしたあと、何も買わずに出て行った。

いったい僕は、何をしているのだろうか。こうして人は腐り、持ち逃げとか横領とか、なんかとんでもないことを仕出かしてしまうのだろうか。

そして、いったい私は何の本を書いているのだろうか。

さっぱりわからなくなってきた。

ただ、無性にスープが飲みたくなっていることだけは確かである。

では、この後スープ休憩をはさみ、腐敗するスープ屋のその後をお届けします。

いったん、解散。

店長になりたがる君の首に縄をかけて バイクで逆方向へ爆走したい

ふぅ、ただいま！　濃厚ボルシチは、やっぱり最高だったよ。

そして、体がポカポカして血行が良くなったら、思い出した。何を書こうと思っていたのかを。

お恥ずかしながら「店長になりたい」と公言していた時期があった。

書店で社員になったばかりの頃、人事課に提出するアンケート用紙のようなものに「店長になりたいですか？」という項目があり、私はそれに大きく○をつけたのだ。

私くらいの年齢の店長はザラにいるし、わざわざ訊ねるくらいだから、立候補した人から店長になれるのだろう、と思った。

しかし、あとから同期仲間に聞いてみると、私以外に○をつけた人はいなかった。

店長は人気のない役職のようで、経験者の多くは「大変だった」「二度とやりたくない」と疲れた顔で言う。

しかし、私はそれを、店長職を外された悲しさや悔しさを隠すための、負け惜しみ発言と受け取った。かっこ悪ぅ、と内心思った。

歴代店長の急激な白髪化、大幅な体重増減を目の当たりにしても、自分の店を持つことへの憧れは、私の中から消えることはなかったのだ。


しかし『賞味期限切れのボルシチ』というエッセイを書いた今、別の意味で、私は私を全力で止めたい。首に縄をかけて、バイクで逆方向へ爆走したい。なんとかあの紙を回収して、丸めて飲み込んでうんちにして流してしまいたい。

君のような人間は、店長に向いてない！


『賞味期限切れのボルシチ』の妄想部分を憶えているだろうか。

作中劇「お持ち帰りで腐敗化するスープ屋」は、堕落したアルバイトたちも、心が寂しい店長も、全て私が演じている。なにしろ小説家のような客観的視点を持たない私が書いているのだから、それはイッセー尾形みたいなひとり芝居だと思ってもらって間違いない。

自分だったらどうするだろう、どうなってしまうだろう、そう考えて綴ったのだ。

彼らは、つまり私は、浅はかで自分勝手で、得をしたくて損をしたくない、愚かな人間だ。

加えて、不格好なドーナツを避けて、奥のドーナツを引っ張り出して買ったお客さん役も、それをまた避けたお客さん役も、全て私だ。さすがに新しいのを揚げろとは言わないが、あと数年経ってさらに図太くなったら、言い出すのかもしれない。そりゃ、表に並んでいない揚げたてが買えるならそっちのがいいに決まってる。

ドーナツの末路をわかっていても、己の欲望を優先する。

最低だ。君は最低だよ。

常に自分に厳しくいられる人間でないなら、店長になりたいなどと思ってはいけない。

短いエッセイ1本書いては、スープ屋へ行ってボルシチを堪能し、いったん帰ってきたかと思ったら、書かずにふらふらとコンビニへ行って、買ってきたアイスをベッドの上でゴロゴロしながら2個腹に収めてもまだ書き始めないような自分に甘い人間には、とうてい向いてない。

どうしよう、誰も立候補していないから、私が店長になってしまう。今なら撤回できるかもしれないが、理由を聞かれると、会社員としての信用まで失ってしまいそうだ。

しかし、その心配は不要だった。アンケートを見た人事部の偉い人から、新井さんに店長は向いてないと思うな～ハハハ、と通りすがりに笑われたからだ。

さすが人事、わかってらっしゃる。

駅のホームでシュークリームを飲みたくなる夜は

金曜日の夜、帰宅ピークもいったん落ち着く23時。

神楽坂駅のホームで、全身真っ黒のアッパッパーを着たアラフォー女がベンチに座り、遠い目をしながら小指を立てて、飲むシュークリームを飲んでいた。自販機で買える、いちばん甘そうな缶ジュースを選んだのだろう。

足元には、高級菓子店の紙袋が無造作に置かれている。

書店に勤める彼女が、シュークリームを飲むまでに至った経緯を語るには、時間を5時間ほど巻き戻す必要がある。


その日の午後6時、タイムカードを切ると、靖国通りで待ち合わせた男とともに、タクシーに乗り込んだ。

二人はこれから、神楽坂でイタリアンを食べる。

彼女の稼ぎではサイゼリヤがせいぜいだが、今日は彼のおごりである。路地裏のイタリア料理屋は、某有名グルメガイドにも掲載された、高級店だ。

心理学か何かの本で、女性はバーで男性からほいほいカクテルをおごってもらってはいけない、という文章を読んだ記憶がある。おごってもらったという弱みから、要求を断りきれず、自分を安売りしてしまうことがあるのだとか。

翻訳すると、スーパーの試食販売でほいほい肉巻きアスパラや肉巻きエリンギを食べたら、別に買う予定もなかった豚バラを買ってしまうよね、という話だろう。確かに、買ってしまう。だって、何も買わないのは申し訳ない気がして。

このように0円で何かを得るという行為は、喜びだけでなく「なんか悪いな〜」と感じさせるものなのである。

売り場で旅行ガイドを立ち読みして、その場で宿に予約の電話をかけるような人は、もしかしたら0円で立ち読みしちゃって「なんか悪いな〜」という思いから、せめてここで予約をしよう、という思考回路なのかもしれない。だが、宿と書店は提携していない。

それはスーパーで豚バラを買わずに、八百屋でエリンギを買うようなものだ。

女友達が、待ち合わせに遅れたとか、自分が行きたかった店だからという理由で、食事をおごってくれることはある。それに対しては、素直に喜ぶことができる。

しかし今日の場合「何か悪いな～」という居心地の悪さしか感じない。接待だから。ラフだが明らかにユニクロではないポロシャツの襟を立てた男は、恋人でも不倫相手でもなく、大手出版社の編集者だ。自分が担当した作品を売りたいから、あらかじめ主要書店の書店員を買収し、いい場所で展開してもらおうという魂胆である。

彼にとってこれは当たり前のビジネスであり、イタリアンの代金は経費で落ちる。

彼女とて、0円でイタリアンを食べたからほいほい言うことを聞くほど、ウブではない。プロの書店員は、いくら金を積まれたって、面白くない本を面白いとは言わないものだ。まずは読まなくては、展開の約束などできない。

しかしイタリアンをたらふく食べ、デザート全点盛りまで要求したあとでは、何を言っても信ぴょう性に欠ける。

帰り際、彼が大きな紙袋を差し出した。大好きなサダハル・アオキ！

これは経費で落ちるのだろうか。

それとも、彼からの、個人的なプレゼント……？　やだ、困る！

そんなのもらったって、言いなりにはならないもん！


あえてなんでもない風を装って受け取ったら、肘がグンッと伸びた。

もしや。

中を覗くと、分厚いゲラと小さなマカロンの箱が入っていた。またこれかよ！

これはビジネスがうまい出版社がよくやる手で、読んでほしいゲラにちょっとしたお菓子や図書カードを添えて渡すのである。そうされると、何か悪くて、読まずにはいられなくなるという心理を突いた小ワザだ。出版社の紙袋ではないところが、確信犯的である。

嗚呼、一瞬のときめきを返してくれ。だから接待は嫌いなんだよ！

当方、受けではなく責め希望です

一対一で受ける接待は危険だ。優しくされることに慣れていないから、すぐにときめくし、どこからどこまでがビジネスなのかと、疑心暗鬼にもなる。

あのね、どこからどこまでがもないよ。いい加減、慣れ給え。

奴らはな、1から1000までビジネスなんだよ！

接待とは、受けるほうが偉いように見えるが、実はするほうが優位に立っているのだ。あぁ、受けをやめて、責めにまわりたい。変な意味じゃなく！（BL思考）

だいたい私は、接待されることに向いてない。

たとえ勘違いのしようがない女性相手でも、大人数でのパーティー接待でも、心が疲れてしまう。美味しいものをご馳走されても、どんなにカリスマと持ち上げられても、手厚くされればされるほど居心地が悪く、申し訳なくて悲しくて帰りたくなるのだ。

自分は接待されるような価値のある人間ではない。カリスマの後にはカッコ笑いが付いている。

むしろ私は、接待されなければされないほど、あなたのためにがんばろうと思う。嫌だ。嫌なんだよ。どうして嫌なことをしようとするんだよぉ！

駆け出しのマンガ家は、編集者との食事で栄養を蓄え、なんとか生き延びていると聞く。きつい締め切りも、無茶な要求も、ご馳走してもらった特上の鰻重を思えば、不満も飲み込めるのだろう。

大御所作家が銀座のクラブで豪遊できるのは、出版社の財布があるからだ。

そこで原稿の約束を取りつけられたら、安いものなのかもしれない。

昔からそういう風にして、その価値があると思われた作家は、出版社に接待されてきたのだ。

しかし、中には私のように、向いてない人もいる。

シェパードさん（仮名）は、40代後半の売れっ子男性作家だ。

彼は編集者と食事をしたあと、無関係な人間に、ごはんやお酒を奢るようにしているらしいのだ。

出版社としては、作家が嫌がっても、出させるわけにはいかない。そんなことをすれば、会社で叱られてしまうだろう。それは、シェパードさんも元会社員なので、事情はわかる。

それなら、受けるだけ受けて、その分を別の人に奢って、気持ちの上でチャラにしてしまおう。

接待されるのを当たり前のことと思いたくない彼は、そういう風にしてバランスを取っているのだ。

私も接待は素直に受けて、その分、悩める後輩を誘って飲みに行ったり、両親をレストランに招待したりしようではないか。

ただ、シェパードさんは大きな文学賞を受賞し、作品はドラマ化もしていて、私とはフトコロ事情がだいぶ違う。

ごはんを奢るときに、自分だけ水でいいです、というわけにはいかないから、それを続けると破産する。

帰りに渡された出版社の紙袋に札束が入っているならいいが、残念ながら今の時点ではただの紙束である。これから出る本のゲラをとっとと読んで、素晴らしいコメントを寄越せということだ。

とりあえず私は、それを必死に読んで、借りを返したことにするしか方法はなさそうだ。

あれ？　それって接待の目的通りでは。

ビーフ＝ポーク＝チキン＝野菜

カレーの聖地と言われる神保町で働いている人はランチにカレーばかり食べていると羨ましがられるがそれは幻想だ。

横浜勤めの人がランチに崎陽軒のシュウマイばかり食べてはいないのと同じことである。知らないけど。

なにしろ神保町のカレー屋といえば一番に名前が挙がる、欧風カレーの「ボンディ」は、ビーフカレーが一杯１４８０円（税込）だ。ビーフだからではない。ポークもチキンも野菜も同じ値段である。

ビーフがお得と思うか、極上の豚や鶏なのだと思うか、こだわりの有機野菜なのか、野菜の価格が高騰しているのか、ああもう！　人を無駄に悩ませる価格設定だ。

ボンディではビーフしか食べたことのない私を貧乏性だとお思いか。

しかし、宗教上の問題でもなく、あえてそこで豚を選べば選んだで自意識過剰と言うのだろう。ンもー！

めんどくさいが、ボンディのルーは確かにめちゃくちゃ美味しい。家庭のカレーとは全くの別物だ。

ガイドブック片手にわざわざやって来た観光客は、ハレの日のごはんだからそれでいい。だが、しがない会社員が、なんでもない日の慌ただしい昼休憩に掻き込んでいい値段ではない。神保町のカレーは、だいたいそんな感じなのだ。

面倒見の良さと安定した面白さに定評があるカンガルー係長（仮名）から、異動してすぐにランチに誘われた。心優しい人だから、私が新しい環境に早く馴染めるように気を使ってくれたのだろう。

だがそれを1秒で断った私は、それ以降、誰からも誘われることはなかった。

いいんですいいんです。それが私の望んだことですから。

むしろあっさり引き下がってくれたカンガルー係長に、感謝している。もしかしたら私のために、「この人誘っても無駄ですよ」というデモンストレーションとして声を掛けてくれたのかもしれない、と思うのは考え過ぎか。とにかく、ありがとう。

それだから、他の人たちが普段どこで何を食べているのか、全く知らない。うっかりランチの話を振ろうものなら、また誘われてしまうかもしれないし、聞き返されて、行きつけの店を荒らされるのも嫌だ。

神保町には飲食店が多いおかげで、今のところ会社の人とばったり遭遇したことは一度もなかった。


この部署に異動してきて1年経つが、最後に帰る人は、フロアの電気を消すというルールを最近知った。今まで何度、あいつまた忘れやがって！　電気食い虫！　と思われてきただろう。どうして誰も教えてくれなかったのか。単に私が嫌われているのか。こうしてまた私の非常識キャラが強く印象づくのだが、非常識なことは否定できないので、甘んじて受け入れるしかない。

アルパカ課長に言われた言葉を思い出した。その時は聞き流したが、まさに今回のことがそれではないか。

「会社は学校と違って、知らないことを教えてくれはしないんだよ。自分で知ろうとしないと、知らないままなんだよ」

それを教えてくれたアルパカ課長は、もうほとんど優しさでできている。


社屋は8階建てだが、実はエレベーターのタッチパネルには隠しコマンドがあって、ある階とある階のボタンを素早く同時に2回押すと、隠しフロアの7・5階に行くことができる。そこには社員食堂があって、午前11時を過ぎたあたりから、総務部で販売している食券を握った社員が、わらわらと集まり始める。

目玉は週替わりカレーだ。カレーフェスティバルのポスターを店内に貼るなど、社としてカレー界に協力をしている関係で、近隣のカレー店が出店してくれるのだ。

もちろんボンディも出るし、明大近くのエチオピアも出る。それを社員食堂価格で食べられるのは、福利厚生でもあり、スタッフのスキルアップにも繋がっている。

このあたりでマトンのカレーが食べられる店はあるかな。

子供がいるからあまり辛くない店を探しているんだけど。

そういった神保町ならではのお問い合わせにスタッフ全員が対応できるように、社員は毎日カレーを食べてることを推奨されているのだ。


ということを1年知らずにいたら面白い。


会社の裏のすずらん通りは、10歩歩けば中華料理屋に当たる。

（社食カレーの妄想は終わってますよ！）

どこのランチもそこそこ美味しく、ボリュームがあって、手頃な値段だ。大体定食が650円～750円。約ハーフボンディだ。

このあたりの会社員は、カレーより中華でできている。


店員の中国人は、基本笑わない。ぶっきらぼうで気が強く、間違えても、忘れても、待たせても、まず謝らない。

全然褒めているように聞こえないが、だから大好きだ。

ある店の「きのこと豚肉の中国味噌炒め」があまりにも美味しく、どうにか再現したくて、毎日通っていたことがあった。テンメンジャンのようだが、どうもそれだけではない。しかしここの店員に尋ねたところで、中国味噌ッテ書イテアルダロと馬鹿にしたように言われるのが関の山だ。なんだよ、ざっくり中国味噌って。

やっぱり褒めているように聞こえないが、大好きだ。

コックに聞いてきますね！　どうもお待たせしました。なんとかジャンとかんとかジャンの合わせでした。どうぞこれ、レシピのメモです。

こういうのを親切な店員と言うのだろう。次に顔を合わせれば「中国味噌炒め、上手くできましたか？」などと聞くのだろう。

神保町にこういう中華料理屋があったらぜひ教えてほしい。絶対に行かないから。

なんか、素敵な話が書けなくてすみません。

未だに何ジャンなのかわかりません。

#02 結婚に向いてない

私のことは独身古漬け女とでも呼んでください

近所の個人経営スーパーNでは、自家製のぬか漬けを気まぐれ販売している。成城石井で売っているちゃんとした漬物とは別物だ。ぬか漬けは見た記憶がないが、茄子の浅漬け３個入りは３９９円だった。それは珍味か。どうかしている。こちとら発泡トレイに大根やセロリがぬかと一緒にずっしり乗って、１００円だ。

恋愛に役立つエッセイかと思ったらスーパーのぬか漬けの話で、がっかりしただろうか。未婚のくせに所帯じみていて。悪かったね。37にもなると、気取った薄味の漬物より、しっかり漬かったしょっぱすぎるくらいのぬか漬けが食べたくなるんだよ。

スーパーNは漬物屋ではないから、漬かり過ぎたぬか漬けに当たることもある。

だが、塩抜きをすれば問題なく食べられる。

なんだかそれを他人事とは思えないが、私から抜いたほうがいいのは塩気ではなく毒気かもしれない。


スーパーNに毎日通っていると、季節の移り変わりを感じる。

ふきのとうが可愛らしい、イボの立ったきゅうりがみずみずしい、松茸が香り、スーパーの袋の口が開きにくくなる、それはいつもか（手指カサカサ）、クワイや八つ頭が並ぶ、すると、さぁ春よ来い来い来ーい、という気持ちになる。

みなさん、日本の四季を感じながら、豊かでゆとりある生活を送っていらっしゃいますかしら？


ギョエーそういうの無理ー！

そういう素敵な暮らし系エッセイをお探しでしたら、お近くのスタッフにお声掛けください。そこらへんに売るほどございますので、よろこんでご案内いたします。

ほたーるのひかーり。

仕事が終わって駆け込む、すでに閉店作業を始めたスーパーNでは、季節の移り変わりを楽しむような心境になどなれない。お前が最後だ早くしやがれとパートのおばさんが睨んでいるからだ。それに加え、BGMのせいだろうか。感じるのは、そこはかとない焦り。

ついこの前、みかんが積まれていたところに、西瓜が転がっている。……夏到来。夏といえば、私の誕生日。また一歩、死に近づいてしまうのか。

落ち込んでいたら、蛍の光が終わってしまった。急がなければ。

気を取り直して野菜コーナーへ進むと、さすが夏野菜、きゅうりが安い。帰って漬物にでもしたいところだが、たとえ浅漬けでも、美味しくなるまで小一時間はかかる。お腹が待てそうにない。

そこで、話は冒頭に戻る。

スーパーN特製きゅうりのぬか漬けは、２本入って１００円。

特売のきゅうりは３本で１００円。

どちらも同じきゅうりだが、手間をかけた分、美味しくなったぬか漬けは、値段が高くなっている。

今宵私はきゅうりが食べたい。しんと静まった真夜中に齧るのは、ばきばきぼりぼりではなく、しっとりぽりぽりくらいがちょうどいい。

私はぬか漬けを買った。糠を落として切るだけで美味しい状態だ。

スーパーで販売する野菜は、鮮度がいちばん重要視されるものだが、ぬか漬けはもがれてから何日も経っている。水分が抜けて、ハリも失っている。それなのに、価値は上がっている。

独身古漬け女は、そこに注目した。

何が言いたいか、見えてきただろう。

鮮度を失いつつある女も、場合によってはぬか漬けのように価値がある、ということを言いたいのだ。

某出版社営業部のウンナンタヌキさん（仮名）は、最近「微熟女クラブ」が気になるらしい。ウンナンタヌキさんは40代なので、そろそろギャルの若いノリには疲れを感じてしまうのだろう。

そこでは、私と同じ年齢の人も働いているらしいと知って、驚いた。

微熟女とは、おそらく微妙に熟してきた熟女のことだ。

念のため「熟女」という言葉を辞書を引いてみると……。

《30歳代から50歳代の、成熟した色気の漂う女性》とある。

あれ？　そんな通知は受け取っていないが、年齢だけでいえば、私はもう熟女真っ只中だ。知らなかった……。

微熟女クラブの求人サイトを舐めるように見ていたら、布団も干さずに日が暮れていた日曜日。しかし、素晴らしいことを思いついた。まだかろうじて微を主張できるうちに、私は急いでこの計画を実現させなければならない。

金曜の夜は、会社を定時の18時で上がることにする。そして、19時から閉店まで、微熟女クラブで働くのだ。キャバクラでは無価値な私も、ここではほどよくしなびたぬか漬けっぷりが評価される。

日々びっちりと埋まっている出版社との打ち合わせは、微熟女クラブにて承ることにしよう。

指名料で私の貯金が増え、出版社の男性は経費でクラブに行ける。

これがウィンウィンってやつか。

ついでに独身古漬け問題も解決したら、完璧だ。

求ム2LDDKK物件

イカを捌(さば)くときは、全裸に限る。

ゲソを引っ張って肝を引きずり出し、墨袋を破らないように取り除く。よし、成功だ。

しかし問題はその次だ。

目玉を菜箸などで潰す際、どうしても黒い汁がビュッと飛ぶ。これは布地に着くと落ちないので、裸エプロンもだめだ。どうしてもエプロンがしたいなら、魚屋みたいなビニール製のものでないといけない。

これは料理書などにはまず載っていないことだから、メモしておくといい。

ただし、目玉を潰しても潰さなくても、味に差はない。儀式のようなものだ。

昔から、アジやサンマの開きなど、目玉があれば意味もなく箸を突き立ててきた。

私は目玉が潰れることに対して何か特別な興奮を覚える性癖があるのかもしれない。

しかし、その根深そうな闇を掘り下げるのはまたにしよう。

出会った頃は年上だったのに、気づけば年下になっていた友人のネザーランドドワーフちゃん（仮名・27歳∞）は、私より遅れること数カ月、ひとり暮らしを始めた。お互い実家暮らしだった頃、書店員という薄給な職業ゆえ、ルームシェアをしないかと持ちかけられたことがあった。可愛くて人気者の彼女にルームメイト候補に選ばれるなんて、名誉なことだ。

しかし、彼女がいると全裸でイカを捌けない。

すっぽんぽんを目撃されてしまう。

今まさに全裸でエッセイを書いていながら何を言うかとお思いだろうが、誰にも見られずに全裸でいることが好きなのであって、見せたい変態では決してないのである。

結局ひとりで部屋を見つけたネザーランドドワーフちゃんは、私のインスタを見て、料理を作りに来て欲しい、と本気で言ってくれる。これまた名誉なことだ。

彼女は料理ができないわけではないが、作る気が全く起きないタイプで、家を出てからはレトルトばかり食べている。歪んだ時空をなんとか維持するためにも、なるべくお肌にいい食生活をしてほしいものだ。

しかし、私はまだ一度も、彼女にごはんを作ってあげてはいない。自分以外の人間に、手料理を振る舞ったことがないのだ。

鰯の小骨やブロッコリーの房の汚れや、豚肉を切ったまな板の菌が気になる。きゅうりを塩揉みしたいのだが、この卑しい手で揉みしだいてもかまわないだろうか。

人にごはんを作ってあげるということが、自分だけのために作る気ままな料理とは全く違うということを、ネザーランドドワーフちゃんに作ってあげることを想定して、初めて気づいたのだった。

さらに想像は膨らむ。

イカの目潰しや、白子の血管を剥がしてシンクの三角コーナーの上でダウジングをするといった儀式も、人によっては不快に感じるかもしれない。特に、血液系のグロさに弱いとされる男性には、私の調理は見せないほうが得策だ。キッチンでプチ殺人現場などを作って遊んでしまう。

つまり、夫が背後から抱きついてくるような新婚生活に、私は向いてない。あの日から夫が求めて来ないんです、みたいな誰にも言えない悩みを抱えたくない。

新婚といえば、友達が最近結婚して、晩ごはんの写真をフェイスブックにＵＰするようになった。ままごとみたいなお揃いの茶碗と汁椀、小鉢の副菜。そこまではいい。しかし、真ん中に主菜がドンと、大きな皿に盛り付けられているのに違和感を抱いた。洗い物を少なくするためだろうか。しかし、休日の昼ごはんも、具だくさん焼きそばをその大皿に載せている。

夫婦というのは、同じ釜の飯だけでなく、同じ皿の飯を食べるものなのか。

同じ皿といえば、先日、顔が超好みな某ウェブ系編集者と二人きりで、神保町のクラフトビールのお店に行った。顔を肴にビールだけでもよかったのだが、メニューに鉄板ナポリタンを見つけてしまった。これは美味いやつだ。

オーダーから数十分。リングイネは赤い油でツヤツヤと光り、カンカンに焼かれた鉄板の縁でチーズがグツグツしている。真ん中には卵黄決壊を今か今かと待つ半熟卵が、ふるふるとしていた。大当たりだ！

ひとりで食べるつもりだったのだが、店員が気を利かせてトングと取り皿を持ってきた。これってあれだ。あの、フェイスブックの。

あら、ってことはもしかして私たち、夫婦だと思われている⁉

これは接待ではなく、夫婦水入らずの外食か。よし、彼は結婚指輪をしている。私は、私は……仕事柄、そう、書店員だからしていないんです。ほら、本を傷つけちゃうとアレだから。（誰に言ってる？）

妻らしく真っ先にトングを手にとったはいいものの、半分取るには取り皿が小さすぎた。4分の1ほどを皿に取って夫に渡し、自分にも4分の1。

ズゾゾッと一瞬で平らげる。ウメー！　超ウメー！　でもビールばかり飲んでいる夫の皿は、なかなか空にならない。

猫舌なのか？　アンタ、ふうふうしてやろうか？

待っている間にグツグツは弱まって、卵黄は余熱で固まり、麺はぐったりと輝きを失っていった。

食え、ビールはいいから、おしゃべりもいいから、はよ食ってくれ！　妻は夫を待たねばならぬのだ。

ウーッ！　これが夫婦か。

調理に集中できないわ、大皿料理はストレスだわ、相手の食べ方が気になるわで、問題は山積みだ。

これでは寝室を別にするより前に、ＤＫを別にしなければ結婚生活を維持できそうにない。

どこかに２ＬＤＤＫＫ物件はないか？

シャバに出た男が最初に食べるあんみつになりたい

私は実家でも、自室でひとり、ごはんを食べていた。

母親が丁寧に作るごはんは、目眩がするほど美味しかったからだ。

居間でテレビを観ながら、最近学校はどうだ、などと父親に話しかけられながら食べるなんてとんでもない。

そういうのは、手巻き寿司か宅配ピザのときだけにしてくれ。


誰かと一緒に食べると美味しいね、だと？ ひとりで食べても美味しくないわ、だと？

私はそうは思わない。そういう時もあるかも知らんが、そうでないことのほうが多い。

大粒の生牡蠣を口に滑らせた瞬間、「昨日ダンナに殴られてね」と袖を捲って二の腕の青タンを見せられたら、つるんと舌の上を通過する岩牡蠣が３００円のものであったのか、１５００円のものであったのか、わかりはしない。

目の前で「クチャクチャ」と音を立てられたら、羽釜で炊いた極上のコシヒカリも口の中で砂に変わる。

それでも誰かと食べたほうが美味しいと言えるのか？

全く同じ生牡蠣とコシヒカリを、ひとりの部屋で食べてみるがいい。

テレビを消してスマホの電源も切って、静かな空間を作れば、味覚は研ぎ澄まされる。

みんなでワイワイするための小道具的な食べ物なら、昨日の晩から仕込んだとろとろ染み染みのロールキャベツでなくてもいい。

キャベツが食べたいなら、大袋のキャベツ太郎で十分だ。

みんなで食べるとキャベツ太郎ってすっごく美味しいね！　とかなんとか言い合って食べればいいのだ。

そりゃ美味しいよ。キャベツ太郎はひとりで食べてもおいしいんだから！

ただ、私がもしなるなら、そんな風になんとなくつままれる駄菓子は嫌だ。

どうせなら、20年の実刑でようやくシャバに出た男が目についた甘味処に駆け込んで食べるオーソドックスなクリームあんみつとか、減量地獄からようやく解放された元プロボクサーが引退後に初めて並ぶ脂マシマシのラーメン二郎とかになりたい。

脱線警報を受信しました。食べる話から、食べ物になる話に変わっています。しかもなぜか、土山しげる先生の漫画っぽい。

いいや、これは脱線に見せかけた伏線だ。

そのあんみつもラーメンも、ひとりで黙々と味わうものなのだ。別れた妻は迎えに来ない。舎弟は俺を見捨てて、別の組へ寝返った。

それでも、ひとりで食べたからこその純粋な味覚の感動が、彼らを幸せな気持ちにさせたのだ。

私の父は偏食だった。というより食に対して保守的だった。男性にはそのタイプが多いと聞くが、それにしても守りに入りすぎだ。

食べ慣れないもの、甘いおかず、本格的なスパイスを使った料理などに難色を示し、箸をつけたとしても、たいして味わいもせず「美味くねえ」と言ってぷいと不機嫌になる。

母は栄養士と調理師の免許を持っていて、なおかつ料理本を読んでは新しいメニューにチャレンジする人間だ。

専業主婦になる前は実家が美容室だったので、当たり前のように美容師だったが、本当は小さなごはん屋さんをやりたかったのではないだろうか。それほどの腕前と、研究熱心さだった。

どうでもいいことだが、母は平野レミに似ている。（でもたぶん憧れていたのは栗原はるみ）

大して味もわからぬような男に自分の料理を一蹴されて、レミはどんな気持ちでカラカラと笑っていたのだろう。料理をするようになって、レミの気持ちを想像するようになった。

私だったら、カツ代のようにギャースと噛みついて、即離婚である。

今日も私は安定のひとりめし。好きな人の誕生日だから、ケーキも買ってきた。

ちゃんと名前を書いたプレートものっている。

もちろんこれを、ひとりで完食するのだ。

彼はステージの上の人だから。ものとか食べないから。

でもでも、たとえばここにピンポーンって彼がやってきて、一緒に乾杯をしたりしたら……。

グフッ………。

一瞬で食欲を失くした。いい、いい、無理、無理。

そんなこと、全然望んでない。現状維持でお願いします。


少なくともケーキ屋さんだけは、私をリアルで充実した女だと思ってくれている。

もしかしたら、私は父とそっくりなのかもしれない。

好きな人と食事をしたいと思えるようなリベラル派には、なれそうもない。

賞味期限のスーパーイリュージョニスト

近所の個人経営スーパーNに行ったら、惣菜コーナーに見たことのない天ぷらが並んでいた。

たわんだ大きめの透明パックが、緑の輪ゴムでなんとか蓋を閉じている状態。

よく見ると、衣を透かしてピンクと白いものがあることがわかる。

見ようによっては、衣を付けて揚げた紅白まんじゅうだ。

しかしそのかまぼこ型は、まぎれもなくかまぼこだった。４センチの厚切りにしたものが、12切れ入って１５０円。

そのスーパーで、長さ12センチのかまぼこは１２８円。12切れ作るには４本必要だから、材料費として５１２円かかる。（衣代除く）

小学生でもわかるほど、価格設定がおかしい。

目玉の特売品という表示もなく、ひっそりと数パック置かれているのは一体どういうわけなのか。


考えられるのはこれしかない。賞味期限のイリュージョンだ。

売り物のかまぼこが古くなっていたので、慌てて揚げて出したのだ。

かまぼこの賞味期限が本日限りでは誰も買わないが、天ぷらの賞味期限が1週間後では、別の意味で誰も買わない。怖すぎる。

出来立ての惣菜は、「本日中にお召し上がりください」と表示されてこそ、美味しそうに感じるのだ。うまくやったな、惣菜係。（買った）

物にはそれぞれ適正な賞味期限があること、そして見え方を変えることで、新たな価値を生み出すこともできるということを、私はスーパーNで学んだのだった。

私も生ものではある。そういうアレでいったら、天ぷらにしても売れ残り、めんつゆと卵で閉じた最終形態だ。こうなりゃ、ご飯にのせて自分で食べたほうが早い。

売れ残ったことにそれほど落ち込んでいないのは、売るための努力をしてこなかった、という言い訳があるからだ。

板から外れて油に飛び込んでみたり、馴染まない大葉を挟んでみたり、つゆに浮かんでなるとの真似をしてみたりせず、あたいはどでんと一本のままでいる。

そういうかまぼこ人生を送りたいのサ、と板の上で開き直っていた。つい先日までは。


フェイスブックのおかげで、中学の同級生と10年以上ぶりに交流が復活して「おなくら話」をした。

子供同伴の同窓会に参加しなかったイリオモテヤマネコちゃん（仮名）が、数少ない独身仲間とわかって、直接メッセージをやりとりするようになったのだ。

彼女とは、中学の3年間同じクラスだった。


同じ中学はおなちゅー。同じクラスはおなくら。

とはいえ、残念ですが、私が言うおなくらは「オナニークラブ」の略です。

何の話の流れか、男性のオナニーを見守るだけでお金がもらえるオナクラという風俗があるらしいと彼女に聞き、俄然興味が湧いた。

この世にはたやすい仕事などないと思ってきたが、そんなたやすい仕事があるのか。

『日本男子余れるところ』という本の刊行記念で、男根について古事記からひも解いていくアカデミックなトークイベントを、著者の高橋秀実さんと行ったこともある。

自分にはついていないものについて知ること、体験したことのない世界へ飛び込むことが、私は大好きなのである。

勇気を出して、お店に電話を掛けてみた。

「見るだけでいいって本当ですか?」

本当でした。

店長さんは仕事内容を説明したあと、採用基準は顔の良し悪しではなく、初々しさだと言った。慣れて恥じらいがなくなってしまうと、価値がなくなる。だから女の子は、半年しか在籍できないと決まっているそうだ。とても真面目な企業ではないか。最後に年齢を正直に伝えたところ、爆笑されたことだけは少し傷ついたが、このお店に私の居場所がないことは理解できた。

女としての美しさは30代からだと思っているし、実際、人生で今が一番美人だと、毎日鏡の前で驚いている。

だが、どうやったって、初々しさは取り戻せない。今さら初めて見たような顔はできない。

賞味期限があるからこそ、輝く。人はそこに、価値を見出し、お金を払うのだ。

スーパーNで学んだことを生かして、37歳なりの賞味期限をイリュージョンすることにより、スライスしてわさびを添えたくらいの価値が私にも生まれるのではないか。板に寝そべっていないで、板わさになる努力くらいはしよう。

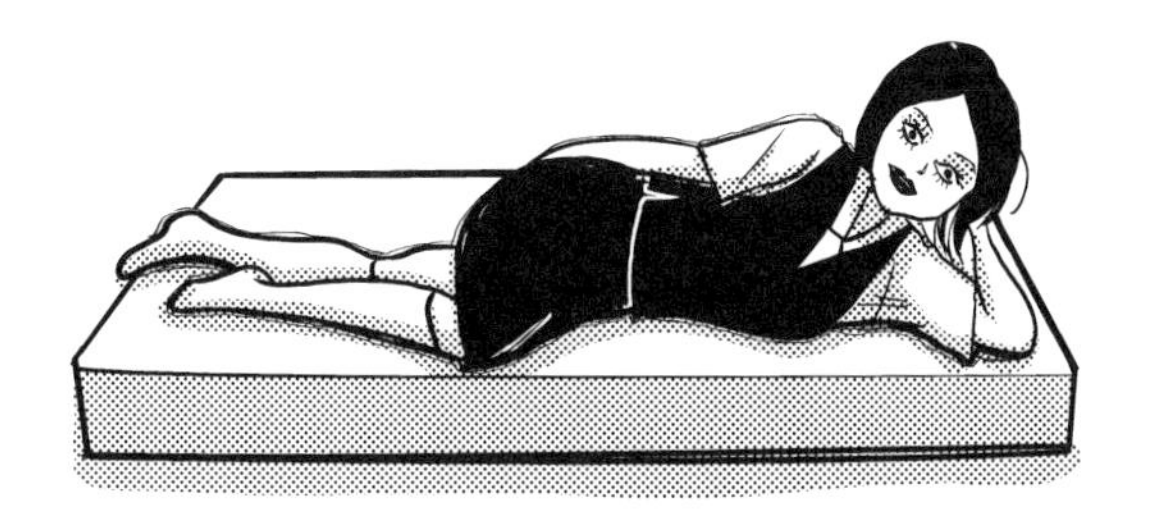

大変な任務を請け負ってしまった主任

私は主任だ。なんだ主任って。

と書いて今、傍らにあるスマホで「主任、意味」と検索をかけた。トップの辞書検索では「主になって任務を受け持つこと。また、その人」とあり、ピンと来ない。しかし、その次にヒットしたお仕事系総合サイトのアンケートにあった「ヒラではかわいそうな年齢の人に与えられる微妙な職種」という回答に、ピンと来た。私が辞書を編むなら、具体的で実感を伴うこちらを採用するだろう。

主任になるための試験はなかった。中途で正社員になって数年目の30半ば、職場地下の純喫茶で、店長にひっそりと告げられたのだった。異動命令のおまけのように。そういえば君、主任になるよ、だから大変だけどがんばってちょ、という感じで。

それから今に至るまで「主（あるじ）」にはなっていない。店主でもないし、ご主人様でもない。ひとり暮らしを始めたから世帯主ではあるが、猫もいないのでは、その実感もない。ちなみに会社の株の持ち主でもない。

もしかしたら「主（ぬし）」と読むのだったか。

あのまま有楽町店で勤務を続けていたら、今年で10年になる。それはある意味「主（ぬし）」かもしれないが、妖怪みたいであまりいい意味には聞こえない。

もしかして「主（しゅ）」なのか？　すると私はキリスト的な？

「主（しゅ）になって任務を受け持つこと。また、その人」

神。大変な任務を請け負ってしまった。

なんでもすぐ調べられるスマホは便利だが、余計なことまで調べてはくだらない妄想が止まらず、こうして無為に時間は消費される。

たとえば好きなバンドマンの名前を検索にかけようとすると、そのあとに結婚、子供、ＤＶ、などをセットにした不吉なワードが候補として出てくる。

今のところ、それを選択してエンターを押すことをかろうじて踏みとどまっているが、絶対に絶対に見てはならない誘惑だ。知らなければいい。知らないままでいたい。うち……そんなん知りとうないもん！　変なのが出てきたぞ！

緊急脱線注意報受信。直ちにその話題から退避せよ。

そのアンケートには「主任は係長の下」という回答もあった。

話が戻りましたが、みなさんついて来ていますか。

禅問答のようだが、その通りである。

主任は係長の下で、係長は課長の下だ。私だっていろいろ悔い改めれば、天の国とまではいかずとも、課長にはなれるかもしれない。

しかし、手を伸ばせば届きそうな係長が、働きながら子供2人を幼稚園と小学校に通わせつつ住宅ローンも払い連休の後には見慣れぬ文字が印刷された袋菓子を同じ部署の人間にばらまくなんて、どんな魔法を使った。

係長の上の課長にも、子供を3人育てている人がいる。正気の沙汰とは思えない。

課長は主任よりも多い。ワラワラいて、社長のような有り難みがない。課長と主任ではどれくらいの差があるのか知らないが、彼らが揃って高給取りなら、会社は莫大な人件費でとっくに潰れているだろう。

課長という役職を「係長ではかわいそうな年齢の人に与えられる微妙な職種」とまでは言わないが、何らかの特権で私腹を肥やせるような感じでもないし、面倒な仕事だけが増えてストレスが溜まる、あまり魅力的な地位ではないように思う。

それでどうして、３人の子供を家族旅行になど連れて行けるのか。金銭的にも、モチベーション的にも、凄すぎる。

主任の私は、私ひとりすら普通の旅行に連れて行ってあげられない。地方へ遠征しても、ういろう一本買って帰れない、無泊３日の旅だ。腰が痛い。

たとえ私が２人いても、２ＤＫに越して２人分の食費と書籍代と家賃を２人で払ったらそれで終わりだ。

現実的に考えて、すごくお金持ちとしか結婚ができない。

墓前に報告

24時間くらい前から、ワクワクソワソワしていた。アルパカ課長と2人、待望の初孫と対面する田舎のじいさんばあさんのような心持ちだ。早く来ないかな。待ち遠しいねぇ、じいさんや。

夕方18時近く、学校帰りなのだろう、清楚なグレーの制服に身を包んだ孫が、孫みたいな少女がやって来た。わぁぁ！　よく来たね！　寒かったでしょう。

店先で正月のように盛り上がっているが、忘れてはいけない。こう見えて我々、お仕事中なのである。

中学2年生になったばかりの鈴木るりかさんは『さよなら、田中さん』という作品を書いた小説家なのだから。

新人作家らしく、担当編集者に連れられて、サイン本を作りにやって来たというわけだ。

都心の大型書店なので、そういった著者来店は珍しくないが、私が知る限り中学2年生は過去最年少だ。

その上彼女の作品は、すこぶる面白かった。「14歳にしては」という枕詞など全く必要としない。

そういう意味でも、すっかり骨抜きのアルパカじいさんとばあさんなのであった。

応接室では、るりかちゃんの両サイドに、浮き足立つ担当編集の皇帝ペンギンさん（仮名）と、誇らしげなお母さんが座った。転校生を迎えた校長室のようである。

舞い上がった皇帝ペンギンさんは、いつか文学賞を獲ったら墓前に報告してほしい、などと不吉なことを言っている。しかし、彼女の活躍を最後まで見届けられないのは、ここにいる全員同じだ。50年後、るりかちゃん以外は多分死んでいるだろう。

それでも、私を含め、るりかちゃんを囲む全員がやたら幸せで、もうどうにかなりそうだった。

なんだかんだ言われる中2だが、14歳はまだ子供である。子供が初めてのことをするのをあーだこーだ横から口を挟みつつ見守るということが、人をこれだけ明るい気持ちにさせるのか、と驚いた。子供は人類の宝だ、と赤ちゃんでもないのに思った。


小説の面白さイコール作家の年齢ではない。もちろん、人生経験を重ねたからこそ書ける重みや、ディテイルもあるだろう。

しかし、そんなことを言ったら、直木賞や本屋大賞を獲るのはじじばばばかりになってしまい、受賞の連絡が心臓に負担をかけないか心配だ。

その年齢だからこそ書けることがあり、その人だから書ける、他の人が十回生まれ変わっても書けないことがある。

だから、まだ社会に出てもいない未成年の純文学に世界が度肝を抜かれたり、逆にひいおじいさんくらいの作家が書いた青春小説に、現代の若者が熱中したりするのだ。

しかし、エッセイはちょっと違う。

特に、女性向けのエッセイは、作者のプロフィールを見て自分より年下だと、ケッと思う。なーにが、と思う。その感情を論理的に説明できないし、特に男性には意味不明かもしれない。でも、はーん、へっ、なのだ。

自分の本棚を見ても、気に入っているエッセイは、すべて少し年上の女性が書いたものだ。乳がんを患ったり、子供を産んだり産まなかったり、離婚したり更年期を迎えたりしている、パイセンたちだ。

店頭で見ていても、20代の女性が書いたエッセイを、40代の女性が買うところをあまり見たことがない。その逆はいくらでもあるのだが。

もしかして、佐藤愛子さんのエッセイ『九十歳。何がめでたい』がずば抜けて売れたのは、そこにも理由があるのだろうか。つまり上が90歳なので、対象年齢が非常に幅広い。

今、ふとプロフィールに90歳と書いたほうがいいんじゃないかと思いました。

しかしそれ、バレたらリコール対象でしょうか。

不惑を前に、惑いが生じております。

週刊文春にネタは売らない

人から言われてすごく嬉しかった数少ない言葉を、牛のように反芻して、どうにか生きながらえている。何度も何度も脳内で再生し、喜びを噛み締めている。

これまでのストックで、なんとかあと20年くらいは細々と生きていけるだろう。

みなさん、どうもありがとうございました。

何も恩返しできませんが、死ぬまで忘れません。ゲフー。


それは、私を喜ばそうとして言った言葉ではなかった。

喜ばせたかったのだとしても、相手の意図とは別のところで喜んでいる。

自分の努力が及ばないところで褒められてもピンとこないし、自分を信じていないから他人が言うことも信じられない。

でも、ギフトみたいな言葉を、ポンといただけることもある。

最近の脳内パワープレイは、「一時期付き合ってたでしょ？」だ。

この仕事をしていると、知り合う異性といえば、出版社の人間か作家しかいない。書店員はほとんど運命共同体なので、除外する。

私はどちらかといえば、作家のほうが好きである。出版社の人は直接的な利害関係が生じるので、どうも信用ができない。だからといって、この作家と付き合いたい、と本気で思ったこともない。作家という生き物は非常に面倒臭いし、不安定だし、一緒になったら人生の主役を奪われそうで本当に嫌である。自分の子でもないのに、その人を中心に生きていくなんてまっぴらごめんだ。

それに、狂おしいほど好きになるのは、どういうわけか必ず女性作家だ。

しかし、すんなり仲良くなるのは、男性作家のほうが多い。つまり、それほど好きではないのだろう。

その、仲が良かった男性作家のひとりが結婚をした。やがて子供が生まれ、主夫となり、子育てエッセイまで出版した。小説を書けなかったらあんまり価値はないと思っていたあの変わり者の男が、あんなに子煩悩で家庭的な親になるとは、誰が想像しただろうか。私は彼のことを、何もわかっていなかったのかもしれない。

それを知った上司が、ポロっと言ったひとこと。

「一時期付き合ってたでしょう?」

その発言で私は、元彼が家庭を持って、ちょっと寂しいけれどよかったねと温かく見守っている、酸いも甘いも噛み分けた大人の女性になった。

その上司は常識があるので、いたずらに吹聴することはないだろう。私にも、セクハラ的な意味で言ったのではなく、しんみりと、思わず、といった風にこぼしたのだ。気丈に振る舞う私を見て、言わずにはいられなかったのだろう。優しい人なのだ。

「付き合ってないですよ」と私は答えた。

しかし上司は、笑って何も言わなかった。今言えば、スキャンダルになっちゃうもんな、とでも言いたげに。

私は週刊文春にネタを売るような女ではない、と思われているのだ。どれだけ困窮しても、好いた男との秘密は墓場まで持っていくのだろう、と思われているのだ。上司のあの発言ひとつで、私は女の株を上げた。

ひとつも嘘を吐くことなく。


37年生きていれば、言えない恋のひとつやふたつ、あって不思議ではない。なんて、うっかり彼と付き合っていたのだと思い込みそうになるが、全く付き合っていません。

でもこうして反芻し続けていたら、あと10年後くらいには、自分でも真実を忘れそうである。

バカだなって叱って嘘だよって抱きしめて

オイルクレンジングをやめたらお肌の乾燥が夢のように消えてしまったの。

なんだか美容エッセイみたいだが、本当にびっくりしたのでこの先綴ってよろしいか。

油だからしっとりするだろうとあえてオイルタイプを選んでいたのに、よく落ちすぎて、落とさないでいいものまで落としてしまっていたらしい。

ショック過ぎて化粧品恐怖症になりそうだ。私の肌からうるおいを奪って、何のつもりか。

バカだなって叱って嘘だよって抱きしめてほしい。(脳内で懐かしい歌が流れている)

それで別のオイルを買って必死に塗りたくっていたのだから、目も当てられない。

油に振り回された、悲しき30代であった。

自分の肌が乾燥していないことと、乾燥した肌に油を塗るのでは大違いである。油で揚げたとんかつと、油をスプレーで吹きつけてオーブンで焼いたヘルシーとんかつくらい違う。だめだ、それじゃけっこう美味しいではないか。脂身たっぷりのロース肉と、梅肉を挟んださっぱりササミくらい違う。

どっちも美味しい。もういいや。

皮脂が枯渇した三十路肌にいくら人工油を重ねても、パサパサがテラテラしているだけ、ということだ。悲しすぎるから、言わせんなよ。

ドラッグストアは、なんて凶暴なアイテムを安価で売ってしまっているのか。痩せますと言って下剤を売っているようなものである。確かに痩せるし、確かに落ちるので、嘘は一切吐いていないのだが、乱暴である。

母親世代が使っていた、拭き取るタイプのコールドクリームは、棚の下に追いやられていた。今の主流は、しっかりメイクもよく落ちる、洗い流せるオイルタイプだ。何も考えずに買いに行ったら、うっかり買ってしまうように陳列されている。

まさかそれが罠だったとはね。

しかしドラッグストアを責めることは、雑誌の付録のバッグが安っぽいと書店に文句をつけるようなことだ。さすがにそこまでは面倒見きれない。みんな、付録に期待をしすぎではないだろうか。

オイルクレンジングだって、黄色い制服を着た店員がすべて試したわけではあるまい。中には愛用している店員もいるかもしれないが、それはきっと油田のような若い肌なのだろう。

私はもう、あぶらとり紙を使わなくなって久しい。京都の土産は漬物にしてほしい。

最近では、帰宅して石鹸で顔を洗ったら、もう何もつけない。

一体なんだったんだとも思うが、肌に何かを塗布するのが苦手なので、とりあえず嬉しい。

オイルクレンジングをしないためには、石鹸でも落ちるメイクに変える必要がある。

それで、ついたかついてないかよくわからない、粉末のミネラルファンデーションに切り替えた。目の周りに塗るものも、ウォータープルーフは止めた。

先日は珍しく寝坊して、5分で家を出る必要があった。そのため、顔にその白い粉を乱暴にはたいただけだったが、会社のトイレで鏡を見て、驚いた。


かわいいのである。本を読みながらうつぶせで眠ったため、目のまわりが赤く腫れていたが、それがまた原宿っぽくてかわいいのである。


お肌の曲がり角とは別に、かわいいの曲がり角というのがあるのをご存知か。

ある一定の年齢になるまでは、化粧をすることによってぐっと大人びて、きれい、またはかわいいなどと言われる。しかし、かわいいの曲がり角がやってくると、化粧をしないことによって幼く見え、若々しくてかわいい、と感じるのである。

これは毎日化粧をしているとなかなか気付き難く、こうしてふと化粧をしなかった時に、アレッと気づくのである。

私の周りには年上の友人が多く、彼女たちのすっぴんを見るにつけ、なんてもったいない、なぜ化粧なんて余計なことをするのか、と憤っていた。

それが知らないうちに、自分にもやってきていたのだ。

アイシャドウもアイラインもいらない。眉毛も厚ぼったい前髪があるので、描かなくてもよい。風に吹かれるような仕事はしていない。

仕事といえば、書店員としてテレビに出ることが時々あるが、メイクさんには必ず眉毛を1・5倍にされて嫌だった。あるBS局には口の悪いメイクさんがいて「プッ、アムラーかよ」と笑われて本当に傷ついた。

うるせーなこの長谷川潤！　アーッ褒めちゃった！


都会の小学校だったので、5年生くらいから毎日フルメイクだった。今では付けていない口紅も、マニキュアも、絶対に欠かせなかった。中学生の彼氏がいて、アメ横でデートをして、人生を謳歌していた。

でもずっと自分の顔に自信がなくて、恋人ができても、家に泊まっても、旅行に出かけても、すっぴんを見せたことは今まで一度もなかった。

だから同棲なんて、結婚なんて、絶対無理と思っていた。

お風呂上がりに眉毛を描いてから寝室に行くのだろうか。ファンデーションを塗ったままベッドに入って、起きたら滲んだマスカラを直して、私はそれを永久に続けなければならないのだろうか。

しかしうっかりしていた。私にもかわいいの曲がり角がやって来た。


ただ今より、私のスペックを更新する。

別居婚もしくは週末婚希望、旅行はＮＧであったが、それらの条件は全て解除だ。

すっぴん公開ＯＫだ。

#03 大人に向いてない

女マリリン・マンソン高級クラブでハッスル

せっかく思いついた微熟女クラブでダブルワークの夢は、月曜に出社してすぐ、潰えた。

総務部の同期が、最初に説明受けたじゃない、とあきれ顔だ。どうやら正社員は、副業としてアルバイトをすることは許されないとのこと。

契約とか規約とかそういう難しい話が出ると、ところかまわず寝てしまう奇病が、そのときも発症したようである。

拘束時間外に何をするかまで会社にとやかく言われるとは、まるで高校生に戻ったみたいだ。出掛けたけどね。入り浸ったけどね。ここは繁華街じゃなくて地方都市だもんとか言って、全国津々浦々のライブ会場へ。

そういえば高校生の頃、茶髪はダメと先生に言われたので、水色に染めて登校したことを思い出した。色もダメ、と言われたので、今度は真っ白に脱色して登校した。我ながらとんちがきいている。

そうか、微熟女クラブも、伝え方次第だったかもしれない。

アルバイトではなく、花嫁修業と申請すればあるいは……。（その前に花婿探しでは？）

私の中学からの親友は、模範的な黒髪おかっぱだったが、高校2年くらいから学校に来なくなり、私が長期の旅に出ている間に通信制高校へ転校してしまった。

地方遠征で忙しかったため、別に寂しくはなかったが、びっくりはした。身長は147センチと小柄で、目ばかりがキョロキョロと大きく、私がいないと何もできない、気の弱い小動物みたいな女の子だったから。

仮にシマリスちゃんとしよう。

シマリスちゃんとは、ありとあらゆる悪いことを一緒にした。私が誘っていたことは誰が見ても明らかで、先生からは友達を選べと再三言われていたそうだ。

そんななか、彼女は「お酒を作ってお話をする仕事」に目覚めた。勉強の成績も、おっぱいの大きさも、私は僅差でシマリスちゃんに負けなかったが、年齢を偽って一緒に体験入店したキャバクラで、初めて、負けた。

教室の隅で私の陰に隠れていた子リスちゃんは、シャンデリアが輝くホールで、シンデレラになったのだ。

実際、お店で借りた真っ白なドレスは、あちこちを安全ピンで詰めないとならなかったが、艶やかな黒髪の彼女には本当によく似合っていた。

お恥ずかしながら、その時になってようやく、彼女が美しい顔立ちをしていることに気づいたのである。まるで客として来たおっさんのように、口を開けて見蕩(みと)れた。

それから何年か経ち、シマリスちゃんがキャバクラから超高級クラブに移籍したという噂を聞く。

その頃、大学を中退して自身のバンド活動に勤しんでいた私は、すっかり疎遠になっていたシマリスちゃんに連絡を取った。

彼女はあの頃とまったく変わらないピンクの電話の高いほうみたいな声で「みーちゃん、遊びに来てよー」と言う。高級クラブには、モデルやタレントなど、女性のひとり客も珍しくないらしい。

真っ赤な髪に真っ赤なコンタクトを入れた女マリリン・マンソンみたいな私は、六本木の鉄板焼き屋でシマリスちゃんのお客さんとの同伴に同伴して、クラブのソファにふんぞり返ってショーを観ながらフルーツ盛りを食べ、ピンク色のシャンパンを浴び、別のお客さんとのアフターにまで付いていってフカヒレを食べ、紹興酒をしこたま飲んで潰れた。(目が覚めたらシマリスちゃんのベッドだった)

もはやフワフワした現実味のない思い出だが、あの小さな女の子が、こんな煌(きら)びやかな大人の世界で立派に働いていることを、信じられない思いで眺めていたことだけは強く憶えている。

それに引き換え、君ってやつは、どんなアルバイトも続かず、ようやく会社員になっても、懲りずに金髪にして怒られたりしている。（茶髪がダメとしか聞いてない）

大体あのキャバクラ体験入店でも、言いだしっぺの君はシマリスちゃんをひとり残し、真夜中のタクシーに飛び乗って帰ったのではなかったか。

客として来た自称精神科医というスケベそうなオヤジが「君はアレだよ、境界型人格障害ワハハ」と勝手に診断したことに腹を立てたのだ。

うるせぇわ。飲みの席で、会って小一時間のてめぇに何がわかる。

この瞬間湯沸かし器みたいな性能は、今も優秀なティファール並みだ。

きっと微熟女クラブでも、また私は同じことを繰り返しただろう。

酔ったオヤジの戯れ言を受け流せず、ぶちギレて、お店に迷惑をかけて、その日の給料より高いタクシー代を使って逃げ帰るのだ。

やめやめ、微熟女クラブ計画は中止だ。

このエッセイが無事本になれば、とりあえず私のダブルワーク計画は実現する。

さすが本屋で、本を書く仕事なら、仕事に支障が出ない限りやってよし、と許可も出ている。

もし、何かのきっかけで湯が沸いても、文章の中でなら誰にも迷惑をかけない。むしろ、いいネタだ。

深夜料金のタクシー代を払ってマイナスになるくらいなら、近所のコンビニに走ってハーゲンダッツを爆買いしたほうがまだ安い。しあわせになれるし。

というわけで、しばらくは大人しく帰宅して、全裸でパソコンに向かうとします。ポチポチ。

どうか私のティファールのスイッチだけは押してくれるな

シングル12ロール入りで178円。おらが街ではこれが底値のトイレットペーパーだ。駅前のドラッグストアでは、「テープでよろしいですか？」と必ず聞かれる。テープでよろしくなかったら、すっぽりと特大ビニール袋に入れていただけるのだろうか。本当はテープでよろしくないのだが、それはそれで恥ずかしい。

トイレットペーパーを買って帰ることがこんなに恥ずかしいことだとは、ひとり暮らしをするまで知らなかった。

地元で私が何をどこにぶら提げていようが、誰も何も思っていないことはわかってるが、私はこれで今から拭きます、12ロールを使い切るほど、拭くようなことをいっぱいします、と宣伝して歩いているようで、つい小走りになってしまう。

ドラッグストアの店員は驚くだろうが、こう見えて私、朝礼でみんなの前に立ってお手本にされるほど、接客の笑顔が完璧だ。

バックヤードで防犯カメラの録画を見たとき、この人すごい笑ってるな、どうしたんだろう、とよく見たら私だった。たとえて言うなら、世界で一番大好きな人と一年ぶりに会えた笑ゥせぇるすまんのような笑顔だ。販売員には違いない。

その反動というわけではないが、自分がお客さんの立場になると、私はまったく笑わない。そもそも、自分ほど笑っている店員なんて、地元ではスタバ以外では見たことがない。店員が無愛想なのに、客がヘラヘラ笑っているのは変だろう?

私はよく行くスタバ店員の名前を記憶している。あの笑顔が直視できず、横文字で書かれた恥ずかしい名札に視線を逃がしているからだ。

小さなピアスを片耳に光らせた、雰囲気イケメンのアルバイト君は、こんな早朝からいったい何がそんなに楽しいのだろうか。

その言葉を、店頭に立っていた頃の私にそっくりそのままお返しされそうだが、「笑わないでカード」がレジ脇にでも用意されていれば、そっと提示したいほど、その笑顔が辛いです。

「グランデサイズの抹茶クリームフラペチーノホイップ多め」を年間で200杯くらい飲む私だが、もしそのカードがあれば、年間300杯は飲むだろう。

今日は精神的にあの笑顔が辛い、と諦める日が年間100日はあるということだ。100杯といえば5万5千円だ。スタバはあの笑顔で、客1人当たり5万5千円を損しているのである。

スマイル0円どころか、マイナス5万5千円。接客の笑顔とは。

このままスタバの話を続けると、私のアイデンティティが崩壊しそうなので、もうやめていいですか。

私は自分の笑顔と接客にある程度の自信があった。（一部のお客様に迷惑がられている可能性も否定できないが）

それだけに、客側にまわるとどうしても目が厳しくなってしまう。

クレームを付けたいわけではないし、よその子を教育してやりたいと思うほどおせっかいばばあでもない。

ただ、平穏無事に終わらせてくれ。どうか私のティファールのスイッチだけは押してくれるな、と願うばかりだ。

ピー！　早速湯が沸きました。ティファールは昔のやかんのようにピーとは言わないが。

ここは行きつけのジェラート屋。駅直結のデパ地下にあって、常に混雑しているためスタッフのレベルが高い。

しかし、その状態が常に続くわけではない。いずれは誰かが辞め、新しい人が入ってくるからだ。ベテランだってみんな、最初は研修生だったのである。ベテラン客の私たちが育てていかなくてどうするんだ。

初めて見た顔のスタッフは、ダブルのカップでオレンジパインミントシャーベットとジャスミンチョコレートガナッシュと伝えたのに対し、左手にコーンを握って、バナナメープルココナッツをスパテラで練り始めた。

君君！　なにひとつ当たってないよ！

困ったことに、ジェラートの種類は豊富にあり、どれも具材を列挙しただけの長い名前がついている。ティファールのケトルが沸騰して、口を開けば湯を噴きそうな私は、つい口調がきつくなる。

正しいジェラートが完成するまでには、相手のケトルも沸騰してしまっていた。

そんなつもりはなかったのに。

結局私が受け取ったのは、どう考えても量が少なく、小学生でももうちょっとマシに盛れるだろう、というような、感情的なジェラートだった。

気のせいだろうか。頭にきているからそう見えるだけか。

いや、これは酷いだろう。

いつもより少ないじゃない、何グラムか量ってやるわよコンチクショウなどと、いい大人がジェラートごときでマジギレするような、恥ずかしい真似だけはしたくない。もちろん黙って食べましたとも。

でも私は、ことあるごとに、こうしてしつこく、あの寂しいジェラートの姿を思い出している。実はスマホで写真を4方向から撮っていて、寝る前などについ繰り返し見ては、ティファールで湯を沸かし、煮えくり返っている。

結局私はリベンジと称して、またその店へジェラートを食べに行った。

ベテランの店員に、一発でこんもりと美しく盛りつけてもらって、大満足。

そうするしか、私は私のコンセントを抜く方法が思いつかなかったのである。

「想像通り」のあんかけスパ

会社の応接室はポマードの匂いがする。入社以来、ポマードの香りがする上司と会社ですれ違ったことはないのに、なぜかいつまでたっても、入った瞬間にポマード臭い。妖怪座敷ポマードが棲みついているのだろうか。

ドアを明けた瞬間に発する、対お客様用の「すいません、なんかこの部屋ポマード臭くてぇ」という定型句も板についてきた。ポマードという愉快な語感のせいか、場が和む。一番近いところでポポラマーマだろうか。

パスタなら私は洋麺屋五右衛門派だ。

父親は絵に描いたような七三バーコードだ。風呂上がりには、黒い瓶を振ってスッとした香りがする液体を頭皮にかけていたと思う。毛髪より地肌派だ。

父親の香りとして最も記憶にあるのは、キヨーレオピンである。滋養強壮・虚弱体質に効く、ニンニクや豚の肝臓が成分の強烈に臭い液体の医薬品で、彼は都度カプセルに注入して、毎日欠かさず飲んでいた。もし、好きでもない人に付きまとわれているなら、あれを一粒飲んでおくといい。百年の恋も冷める。

4つ上の兄は不惑を越えても毛量は減らず、一時期おそらく何かに疲れてスーパーサイヤ人のようにスプレーで固めている時があったが、それ以外はひたすらボリュームを抑えるためのムースを使用していた。もし彼がハゲだしたら、風呂場に超強力パイプクリーナーが何本あっても足りないだろう。

私は量というよりは長さが重要で、できれば肩より長く、女性用の洗い流さないトリートメントで潤いを保った金髪の男性が好みだ。

聞かれていないことまで具体的に書いてしまったが、簡潔に言うと、だから私の身近に、ポマード派はいなかったはずだ、という話である。

ではなぜ応接室が、知りもしないポマードの匂いだと言えるのか。

ただいま。日帰りで名古屋へ行って参りました。

ページが飛んだのか？　と乱丁を疑った方、大丈夫です。飛んでません。

言い切れるのか。

まで書いてエッセイを放置し、名古屋まで金髪ロン毛男のＬＩＶＥを観に行ってしまった。その往復の18時間で考えたが、わからないままだ。

名古屋では、名物のあんかけスパを食べることにしていて、ヨコイやチャオが有名だが、行くたびに新規開拓をしている。なんでもない喫茶店に入っても、メニューに鉄板ナポリタンと並んであんかけスパがあるから、食べても食べてもキリがない。

そして食べるたびに、吃驚（びっくり）する。

思ってたのと違う！

ソフトめんのような太麺に、炒めた野菜や卵がトッピングされていて、赤いとろみのあるあんがかかっているのが特徴なのだが、これが見た目と違ってちっとも甘酸っぱくなく、かなりスパイシーなので、毎回手ひどく裏切られた気分になる。

赤くてとろっとしていると、どうしてもエビチリなどの甘酢あんを想像する。

豆板醤、ケチャップ、顆粒だし、酒、砂糖、酢、片栗粉などを混ぜ合わせておいて、ジャーっとやるアレだ。

あんかけスパは、何度食べても「なんだこりゃ！」と思うので、食べ歩くのをやめられないのだろう。子供がクセになるいないいないばぁみたいなものか。

多分、ポポラマーマがよくなかった。パピプペポマードがパパパパパスタの話に脱線してしまったではないか。

ちなみに箸で食べる洋麺屋五右衛門のパスタを、直木賞作家、朝井リョウさんは、最期の晩餐に食べたいものとして『おあとがよろしいようで』という本に紹介していた。どこにでもあるチェーン店だ。死ぬ前に、もうちょっといいものがあるだろうと思わなくもないが、特別を意識したくない最期だからこそ、日常のちょい贅沢めしくらいが、ちょうどいいのかもしれない。同じ麺でも、蕎麦より明るい感じもする。

しかし、同じスパゲティでも、あんかけスパだけはいけない。また明日も生きていると思うからこそ、果敢にもチャレンジできるのである。

思ったのと違ったという思い残しで、妖怪座敷あんかけスパになるのはごめんだ。名古屋の地縛霊になってしまう。

というわけで、作ってみました。最期の晩餐用、思い残さない「想像通り」のあんかけスパ。

作り慣れた中華風甘酢あんの上に、茹でた麺をしっかり炒めて盛りつける。エビを入れたらまんまエビチリになってしまうので、あんかけスパらしく、具は冷蔵庫にある残り野菜いろいろと卵だ。

うん、見たままの味。

リーズナブルな中華料理のランチバイキングで、一見エビチリっぽい料理があって「お！」と思うのだけど、掘っても掘ってもエビが見つからなくて、エビがごっそり持って行かれてしまったのか、もともと入っていないのか釈然としないけれどあんが美味しいのでおかわりしてご飯が進んでしまう、というコスパで言うと負けの一品の味だ。

裏切られはしないが、死ぬ前にわざわざ負けに行くのもどうかと思う。

やっぱり赤いスパゲティは、定番のポモドーロが良いのではないだろうか。


あれ、ポモドーロって、ポポラマーマよりポマードに似ている。

イタリア語でトマトを意味するポモドーロの語源は、りんごの「ポモ」と、金の「オロ」を合わせた「金のりんご」。

ポマードは、かつてりんごを原料としていたことから、ラテン語のりんごを意味する「ポムム」が語源だそう。

ゾゾゾ！　ただの脱線かと思いきや、神懸かり的にりんごでリンクしていた。

さすが創業130年の書店。応接間には知の神様が棲みついているのだろう。

明日出勤したら、そっと応接室にりんごをお供えしようと思う。

芳香剤も兼ねまして。

ディストピアエッセイ

小説家は、書いている間はなるべく読まない、という話を聞く。読むとしても、海外の小説やマンガなど、自分に近いジャンルや中毒性のある作品は避けるようだ。

小説家ではない私も、書くものが直前のことにかなり影響されるので、気をつけなければならない。

ついさっきも、絶望的なディストピア小説を読んだ後、ゾッとするほど暗いエッセイを綴っていて、慌てて全文消去した。うっかり保存したら、ＵＳＢが何かひどい運命に見舞われそうだった。

小説のテーマは、人間の本当について。「これがお前ら人間というものの本質だよウラウラよく見とけ！」と、ドロドロに腐った腹腔に顔面を突っ込まれる感じだ。わぁ見たくない知りたくない。

影響されやすい人間は、あっという間にディストピアワールドに取り込まれるだろう。あぁ、人間なんてクソだ。この世界に希望なんてない。わかってた。そんなこと、わかってたさ。

また絶望感に心が支配されそうになったので、ハンディブレンダーできなこバナナミルクを作り、一服した。健やかなる甘みよ、豊富な繊維質よ。我が心と腸を救っておくれ。

なんて、どんなに大地の神に感謝の祈りを捧げても、健康に暮らしても、ウイルス兵器をぶち込まれたら我々ひとたまりもないのですけどね。ハハッ。

こりゃいかん。重症だ。参考までに記しておくと、道連れにしようとしているわけではないが、その「小説」とは中村文則氏の『R帝国』だ。

これをサラサラと読んでケロッとした顔をしていたら、その人はサイコパスかサイボーグなので注意せよ。

サイコパス疑惑がある私だが、サイコパスが感じにくいという恐怖と悲しみにどっぷりと浸ることができた。ありがとう存じます、R帝国さま……。

直前に読んでいた小説の世界を、思いっきり引きずっている。エッセイにそのまま綴っちゃっている。

もうこれは仕方がないことだと思って、突っ走ったほうがよさそうだ。

クリープハイプのボーカル・ギター尾崎世界観さんの日記は『苦汁100%』という一冊の本になっているが、その日のLIVEの手応えが良くも悪くも文章に反映されたまま、単行本になっちゃっている。この、なっちゃっている感が、私は好きだ。

うまく声がでなかったとか、お客さんの笑顔が最高だったとか、そういう直接的な言葉以外からも、体感したこと、その時の気分が、日記文に影響していることが伝わってきて、尾崎世界観を直にぺたぺた触っているような気になる。

そこが日記文学の醍醐味なんだ。推敲なんて野暮なこと、してくれるな。

今ふと、TBSラジオ「ジェーン・スー　生活は踊る」の人気コーナー、リスナーからの相談に答える「相談は踊る」で取り上げられた悩みを思い出した。

何のために生きているのかわからない、という中学生リスナーからの相談だ。

私はこのコーナーを聞きながら、毎回真剣に、相談者への答えを考えている。

相談内容によっては、放送が終わってからも、度々考える。これは、そんな相談のひとつだった。

その日はフリーアナウンサーの中井美穂さんがゲストだった。中井さんはお芝居を観ることが大好きだそうで、相談者にも、お芝居を観ることを勧めていた。自分がいなくてはならない場所に行くのが辛いのなら、そうじゃないところへ行ってみてはどうか、たとえその演劇が面白く感じなくても、なぜ面白くなかったかを後から考えることが面白いよ、と。確かにそれは効果がありそう、と思った。

私も同じようなことに悩んでいた中高時代、学校へ行かず、ＬＩＶＥに足を運んでいた。私がいてもいなくても全く影響のない場所で、感情の動きを全てライブハウスの空気に委ねる時間が、切実に必要だったのだと思う。

さらに、そこで歌っている人が、同じ時代に生きる同じ人間だということ。

じゃじゃーん、ドコドン。センキュー!!

ワー！　アンコール、アンコール。

しかし非情にも、客席のライトが点灯する。「本日の公演は終了しました」。速やかに退出せよという、会場アナウンスが流れてしまった。ちぇ、さすがに2度目のアンコールはなしか。

でも、それで終わりじゃないのだ。

バンドのメンバーは、打ち上げをやって家へ帰る。丘の上の古城でも、立派な棺桶の中でもなく、アパートの一室だ。小腹が減ったから、帰り道のコンビニで買ったシュークリームを食べて、その後におにぎりも食べているのかもしれない。そう思うと、すごく生きている感じがしないか。少なくとも、歌っていたあの人が。

あの人と恋人同士になりたいなという願いはまず叶わないが、あの人と同じ時代をもう少し生きていたいという願いなら、簡単に叶えられる。自分がもう少し生きればいいだけだから。

今、一緒に生きている。たぶん、今夜も「マジ暑い」とか、「あー楽しい時間ってあっという間だな」とか、同じようなことを同じ夜空の下で思っているわけだ。ステージの上の人も、見上げていた人も。

なんのために生きているのかの答えには全然なっていないけれど、じゃあステージで歌ってる人はなんのために歌ってんだろう。

私のために歌ってるんです。聴く人がいなけりゃライブは成り立たない。

じゃあ耳を傾けて、こぶし挙げて、手を叩いてあげるために生きる人も絶対必要じゃないか。しょうがないなーもう！

次のライブまで生きててやんよ！

なんてことを思う日曜日。

つまり今週の日曜日はライブがなくてつまんねぇなって話だ。

取れた

音波電動歯ブラシを使うと、手で磨いても取れない汚れが簡単に取れて、歯がツルツルになるそうな。

ラジオショッピングで紹介されたそれは、通常９８００円のところ、今ならなんと、２本で９８００円。ヒェー！　値段って何！

それなら１本を半額で売ってくれないかとも思うが、そういうことは言わないのが大人です。

電子書籍のダウンロード半額クーポンで、紙の本を半額にすることができないのと同じこと。

なぜできないのかと問われると、なぜ問うちゃうのかと問い返したくなるような暗黙の了解案件だ。

歯ブラシに9800円ポンと出せるほど高給取りではないので、アイフォンを握り締めたまま逡巡しているうちに、申し込み受付時間が終了してしまった。

ああ、やっぱり買えばよかった。

音波がなければ、歯の汚れは取れないまま、日々蓄積していくしかない。歯周の汚れも溜まって、歯茎も痩せさらばえていくだろう。もはや私の手動ブラッシングでは、それを止めることはできないのである。

歯医者に費やしてきたお金と時間を考えれば、9800円など安いものだ。おまけに虫歯治療のための麻酔やペンチによる抜歯の肉体的&精神的ダメージは、プライスレス。

その恐怖から幾度となく直前逃亡を図った結果、イエローカードをくらってしまったほどだ。受付のお姉さんに、あと1回であなたは社会的信用を失い、二度と予約が取れないでしょう、とまで言わせてしまったダメな大人がここにいます。お金を払って叱られる悲しさよ。

虫歯の治療はさておき、歯医者の壁に案内ポスターがあった、ホワイトニングがとても気になっている。大口を開けて笑う自分の写真を見て、まるでカレーを食べた直後のような歯の色に愕然（がくぜん）としたからだ。しかも、ずらりと並ぶ銀歯がばっちり見えていて、これは萎える、と我ながら思った。

それもこれも薄給のせいだ。

初診のアンケートで年収を正直に答えたため、歯医者は私の財布を全くアテにしていない。主治医は保険が効かないセラミック素材を勧めることなく、問答無用で銀歯を埋め込んだ。

お気遣いありがとうございます。

先日好きなバンドの対バンで、耽美系男性ソロボーカリストのステージを観る機会があった。

ビジュアル系というよりは、宝塚に近いメイクで、オーガンジーのドレスに身を包み、花を盛ったハットの上で、大きな白い羽根が揺れている。情感たっぷりにシャンソンを歌い上げる姿は、まぎれもなく姫だった。

私の苦手なおっぱいをしっかりと盛っていることが、なぜか不快に感じない。むしろ彼の場合、ないほうが不自然とすら思える。

歌いながら色っぽく体をくねらせるだけで、激しく頭を振ったり、拳を上げたりといった男らしい動きをしないからだろうか。

引き込まれるように、ステージの歌姫を見つめていると……。


キラ。

強いきらめきが目を刺した。写真撮影は禁止だから、フラッシュではない。しかし、ステージ照明にしてはピンポイントすぎる。

指輪に埋め込まれた宝石かと思ったが、姫は黒いシルクの手袋で指を包んでいる。

キラ。キラキラ。

きらめきには規則性があることがわかってきた。

「♪好きよ」キラリ。

姫が特定の母音で歌ったときに、必ず瞬くのである。


眩しさの正体は、歯だった。

姫が「い」の形に口を開くと、とうもろこしのように粒ぞろいの、ツヤツヤした真っ白い前歯がこぼれるのだ。

バンドマンは、よっぽどメジャーでない限り、基本的に金欠なはずである。特にビジュアル系は、楽器代スタジオ代の他に、衣装や髪染め、化粧品などの出費が嵩む。

それなのに姫は、明らかに大物芸能人レベルの、人工的に美しい歯をしている。歯茎も変色していないから、よっぽど腕のいいところで、施術したのだろう。あのお口の中は、私の生涯給料では足りないくらい、お金がかかっているはずだ。

資金の出所は不明だが、鬼気迫る美への執着っぷりは、周囲を黙らせた。

そしてその完璧すぎる歯が、彼にはおっぱいがあってしかるべきと、ビジュアル系におっぱいいらない党代表の私にさえ言わせたのである。

姫はおそらくCだが、私はAだ。

イニシャルではない。勤務評価でもない。A「カップ」だ。

最近太って、ようやくAより小さいAAからAが取れてAになったが、誰も気づいてくれない。

そして、今朝10時にイープラスで「取れた」LIVEのチケットもA列だった。

この流れでいくと、きっと銀歯が「取れた」とか歯石が「取れた」とかそういう「取れた」話なのだろうなと予測されていたかもしれないが、なんと1行目から大脱線していたわけだ。

A取れたー！

たとえ眉間にピックが刺さっても

今からネットでＬＩＶＥのチケットを取る。右手にｉＰｈｏｎｅ、左手にはｉＰａｄ。その状態でパソコンの前に座り、受付開始を待つ。よし、ｉＰｈｏｎｅで繋がった。枚数を入力して次のページへ進み、クレジットで決済完了、万歳三唱。バンザーイ！バンザーイ！　かかってこいやー！

しかし、もちろんそうはいかない時もある。途中の入力画面から一向に進めず、仕方がないので左手でｉＰａｄを操作するも、こちらは繋がりもしない。

３分待ってようやくｉＰｈｏｎｅが進み、クレジットカードの情報を入れようとしたら、予定枚数を終了しました、の表示。

この時の絶望感たるや。

「死ね……」とだけ呟いて、キーボードに突っ伏したまま起き上がることができないいいいいいいいいいいいいいいいいいいいいいいいいいいいいいいいいいいいいい。

すまん、おでこが「い」を押していた。

とにかく、チケットを取ったすべての人を、来世までお恨み申し上げます。

アンコールのステージで、ボルテージ最高潮のミュージシャンは言う。

今日ここに集まってくれたみんなは、同じ時代に生きて、同じ音楽を好きな仲間なんだ。さぁ、恥ずかしがらずにお隣の人と手をつないで、一緒にせーのでジャンプしようよ。準備はいいかい？　せーの……。

アホかーーー！

決して仲間などではないですわ。ペッペッ！

限りあるチケットを奪い合い、中に入れば最前列を競い合い、ヘドバンした髪で背後の敵の顔面を攻撃し、拳を振り上げて邪魔な頭を打ちまくる敵だ。メンバーが投げたピックを奪い合うゾンビたちの醜い争いを見て、よくステージからそんなそらとぼけたことが言えるな。

これのどこが仲間なのか。私はたとえ眉間にピックが刺さっても、絶対に欲しがりません。ゾンビの仲間にはなりたくないですから。

内臓が飛び出るほどのエルボーを食らって、消えかかる意識の中、私は思う。この会場にいない、すべての人たちに幸あれ。

こんな私は、ＬＩＶＥに向いてないのでしょうか。

心をひとつにしようとしているところ大変申し訳ないのですが、チケットが取れなかったとき、あなたたちを恨まないでいるという約束は、私にはできそうにないのです。

「ご連絡したいことがございます」

あと何日、この緊迫状態が続くのか。

切れそうで切れない電球のようだ。ストックがないので切れたら困るのだが、チラチラと瞬いて、時折嫌な音をたてるので、いっそ切れてくれたほうがスッキリするような気もしている。たとえ闇に包まれても。

5日前から日に2度も、ケータイに着信がある。すっかり憶えてしまった03から始まる番号。

もともと電話には出ないから、相手を選んで無視しているわけではないのだが、向こうはそうとは知らない。

私に電話をかけ続けている人は、きっと上司に報告するだろう。

４０２はどんな状況だ。そうか、いよいよまずいな４０２。よし、あと3日待て。それでも４０２からアクションがなければ、ステージ３へ突入だ。そうか、君は初めてだったな。できればステージ２でクリアさせたかったんだが、４０２がそういう態度では仕方がないんだ。

これが辛くて辞めてしまう新人も少なくないが、君には期待をしているんだよ。大丈夫、我々は正しい。何も間違ったことはしていない。

とりあえずショートメールも打っておこうか。

そうだな、日に3回だ。詳細は入れないほうがいいだろう。全く同じ文面で、不気味さを醸し出すんだ。

「ご連絡したいことがございます」

そう、これがいちばん効く。

電話に出ないでいると、ショートメールが届き始めた。開封する前から、ほぼ全文が表示されているが、なるべく見ないように削除する。届きます。消します。届きます、消します。手動ウイルスバスターか。何のウイルスか。私を嫌な気持ちにさせるウイルスだよ。もちろん返信などしない。返す言葉がないからだ。

すると今度は、留守電が残るようになった。

「ご連絡したいことがございます」

わぁ、ご丁寧に読みあげてくださった。相手は女性だった。ソフトだが、感情が全く読み取れない声。それだけに、不気味だ。

これはきっとステージ3直前の、最後通牒だろう。

ステージ3って何？　知らないが、今なぜかふと言葉が降りてきたのだ。

ただ早く家賃を払わないと大変ヤバいことだけはわかっている。

今までは、毎月27日頃の引き落としだった。それがたまたま給料日の後だったので、浪費する前に払わなければならないものを払ってしまうという、絶妙なタイミングで乗り越えていた。

しかし、先月から管理会社が変わり、突然15日引き落としになった。15日といえば、もうすっからかん。こんなときだけ主張するが、私は生粋の江戸っ子なので、お金はあったらあっただけ使ってしまう血が流れている。

十分な預金がないので、郵便で振込用紙が届くのだが、財布にもないので払えない。

今月の給料日までなんとかこのまま逃げ切るしかないが、まだ20日にもなっていないとは。

ステージ3、一体何が起きるんだ。エントランスでピンポンか？　それともダイレクトにトントンか？

「家賃払えコノヤロー！」

ヒィ！　幻聴だ。

とりあえず、口座の残滓を1円残らず持っていかれるのを危惧して、あるだけ現金を引き出した。


つづきたくないけど。つづく――。

仰っていたことがわかるのに8年もかかりました

お金がないということをほとんど経験せずに生きてきた。

バブルの頃、両親は新築のマンションを購入し、子供にたっぷりと小遣いを与えた。週末はプリンスホテルでディナー、夏はプリンスホテルで海水浴、冬はプリンスホテルでスキーと、プリンスホテル三昧。

バブルが弾けてから、新井家の経済もじわじわと悪化していったが、莫大な借金を抱えるとか、お金がないから子供に何かを断念させるとか、そういうことは一切なかった。たまにはプリンスホテルにも泊まった。「どんだけ好きなんだプリンスホテル。

それが、36歳で家を出て1年もしないうちに、この困窮っぷり。

私の上司が「家を出て一人前」と口酸っぱく言っていた意味がようやくわかった。

すいません、言われてから8年もかかりました。


おそるべし一人暮らし。みんなやれてる一人暮らし。すごいことだ。

実家で暮らしていた頃は、現在の家賃より2万5千円も多くお金を入れていたのだ。だから、偉そうにしていた。本当は一人暮らしができるけれど、実家に居てあげるんだぞ、と王様のように振る舞っていた。たかだか7万円ぽっちで。

とんだ思い上がり。

全然立ち行かない。

誰か盗ってない？　私の2万5千円。

偽造されたのではとカード会社のサイトで、履歴を確認した。

一回の使用額が実にしょぼく、スーパーで800円、ドラッグストアで199円、ジョナサンで400円と、どう考えても自分で使ったとしか思えない使いっぷり。ただ使用回数がやたらと多く、途中で面倒くさくなって遡るのを止めた。

家計簿をつけていないので、お金の行方が全くわからなかったが、身に覚えのある引き落としばかりだった。

年末、家計簿コーナーで品出しをしていたら、お客様にどの家計簿を使っているのか聞かれたので、使ったことがありませんと正直に答えたら、30分説教された。どの家計簿が人気なのか、こんな家計簿はないか、というお問い合わせなら、いくらでもお答えすることができたのだが。

家計簿をつけるつけないは、私の自由だ。

ただの横着ではないから、反省もしないし、今後つける気もさらさらない。

何か素敵なものを手に入れたり、美味しいものを味わったりしても、それを帰ってきて、あれに何円使ってしまった、だから残り何円になってしまった、とチマチマ確認する作業は、楽しかった気持ちに水を差す。

プライスレスの喜びに、現実的なプライス札を貼りつけたくないのだ。

今、わりとうまいことを言ったような気がしたが、それと同時に、読者の共感を得ていない予感がビンビンしている。

呆れるのを通り越して、お前ふざけんなよと、怒りを感じている方もいらっしゃるかもしれません。

エッセイの基本は共感。そうそう、あるある、超わかる。

しかしそれをそうそうと超わかった上で、私は本当のことを書く。

読む人の共感を想像して書くエッセイに、一体何の意味があるだろう。

エッセイほど本当のことが書いてある、書くことを許される文章はない。あくまでも、その人にとっての、その時の「本当」だが、これはどんなに仲良くしていても、血が繋がっていても、なかなか知ることはできない本当だ。

どれほど言葉をやり取りしても、傍で長い時間を過ごしても、その人が書いたエッセイを読む以上に、その人の本当に触れることは難しいような気がする。

少なくとも、私は知っている人が書いたエッセイを読んで、1から10まで思った通りだと思ったことはない。

もちろん、日記ではなく、人に読まれることを前提にして書いている文章なのだから、虚飾やサービスもあるだろう。

でも、見抜けるでしょう？　そういうの、わかった上で読んでいるでしょう。言葉通りでなくても、その人がどんな人で、何を考え、何に本人ですら気づいていないのか、エッセイを読む人は触れることができるのだ。


私は読者としてそれに気づいた時、エッセイが途端に面白くなった。

小説は嘘だ。小説家という仕事は、大ボラを吹いてお金がもらえる特殊な芸だ。私はそれを愛しているし、人生に絶対必要なイリュージョンだと思っている。

しかしエッセイで大ボラを吹いたら、ただの詐欺師だ。


今、私はイリュージョンを使って、巧みに家賃未払いから話を逸らしましたが、現実は何も変わっていないことをお伝えしなければならない。

今まさに、電話が鳴っています。

#04 たまには向いてることもある

待てど暮らせどあなたは来ない

仕事の都合で一人暮らしを始めて、そろそろ季節が一周します。待てど暮らせど、あなたは私の部屋を訪れません。

実家にいた頃はもちろん父も母もいて、だからあなたは、私の部屋に堂々と上がり込むタイミングなんてなかったのでしょう。

でも、今なら誰もいません。猫もメダカもいない、ひとりっきりの静かな部屋です。

真夜中だって、お風呂上がりだって、いつだってかまわないのですよ。

暗闇と静寂の中で、あなたは私をどんな風にさせるのでしょうか。私はあなたをどんな風に扱うのでしょうか。

今はただひとり、あなたの手触りを想像するだけの毎日です。

36年間、実家で暮らした。家自体に愛着があったわけではない。上野や浅草に自転車で行ける超便利な土地であったこと、そして私が大好きな昭和の香りが残る街並みであったことが、私を実家に繋ぎ止めていただけだ。

書店員の薄給でその辺りに住もうとしたら、まずユニットバスはつかないだろう。昭和の建造物には心ときめくが、風呂なしトイレ共同の築50年物件に暮らせるほど、気合いが入ったレトロ好きでもないのである。

実家にテレビはあったが、一切見なかった。テレビを見るのは嫌い。仕事上、番組で紹介された健康本の情報などを仕入れておく必要はあったのだが、翌朝必死にＳＮＳで情報を拾ったほうがまだマシだと思うほど、テレビを見るのが嫌だった。

一人暮らしでもそれは変わらず、テレビは買っていない。

基本的に人間が好きではないのだ。ようやく部屋でひとりになれたというのに、どうして特別好きでもない人の姿を見たり、声を聞いたりしなければならないのか。

仕事を終えて深夜に帰宅すると、静まり返った部屋で小説を読んだ。たいてい小説は、人間のことを書いている。

嫌いな人間も、好きだった。

それはとても愛しく、満ち足りた時間なのだった。


一人暮らしでも、その習慣は変わっていない。

ただ、自室のドアの向こうに誰かがいて、物音がするかしないかで、状況は違うはず。

だから楽しみにしていたのだ。一人暮らしをしている人は皆、口を揃えて「来る」と断言していたから。


私が待っていたあなたとは、「寂しい」。

寂しいという気持ちがどういうものなのかはなんとなくわかるのだが、実感したことはない。

人に恋することはあるが、ただ人が恋しいと思ったことはないし、ただ寂しいから人に会いたいと思ったこともない。

私はこれでも人間なのだろうか。


しかし、湧かないものは仕方がないので、寂しくならないということを肯定的に考えてみる。

寂しいという感情が湧かない人は、寂しいとできないことに向いていると言える。

つまり、私ほど一人暮らしに向いている人はいないのではないか。

独身で生きていくこと、子供を産まないで生きていくこと、無人島に漂流することにも向いている。


人間の「寂しい」という感情は、生きていく上で本当に必要か。

寂しくてどうでもいい男と寝てしまった。
寂しくて明日健康診断なのに飲みに行ってしまった。
寂しくてどうしようもなくて薬をいっぱい飲んだらうっかり死んでしまった。

いいことなど何もない。何かが足りないと思って生きてきたが、いらない装備がついていないシンプル設計なだけなのかもしれない。

でも、もしあなたが来たいというなら、遠慮なく訪れてください。
いつだって歓迎しますよ。

こんなことを最後に言うなんて、もしかして私は寂しいのでしょうか。

今日も元気で毒蝮三太夫の「うるせぇなクソババア！」を聴く

ＴＢＳラジオの「ジェーン・スー　生活は踊る」を聴いていたら、パンツの穴はどこに開くか、という話でスタジオは盛り上がり、私もついパンツの穴を探してしまった。

実にどうでもいい話だが、ゲストの料理研究家による美味しいとうもろこしの選び方とか、毒蝮三太夫が来週はどこの銭湯に出没するかとか、そういった大事な情報よりも、なぜか心に強く残ってしまう。

だからこそこうして、エッセイにパンツの穴を綴ってしまうのだ。

ラジオでは、一体どうしてそんな話になった？　というような話題が偶然に生まれ、そこにリスナーが大喜びで反応し、もう収拾がつかなくなって次の放送にまで引っ張る、というようなグルーヴが生まれることがある。

そう考えると、ラジオはエッセイに似ているかもしれない。

ある程度台本はあっても、思いついたことをそのまま喋ってもOKなラジオ。プロットを立てず、徒然なるままに脱線を繰り返し、綴っていくエッセイ。作り方が共通しているように思う。そして、どうでもいいことが、むしろどうでもよければよいほど、面白いところも同じだ。


今、自分で書いてゾッとしました。

私はそう思って綴ってきましたが、もしかして違っていましたでしょうか。

もしかして、大事なところが太字になっていたり、今すぐ実践しなければならないような重要な情報がもたらされたりすることを、エッセイに期待していらっしゃいましたでしょうか。


もちろんラジオにも、そういった側面はある。「生活は踊る」は、タクシーの運転手が道路情報を知るために、農家が天気を知るために、じいちゃんばあちゃんが毒蝮三太夫の「うるせーなクソババア！」で元気になるために、毎日聴いている。

でも、それだけならどうして、自然発生したどうでもいい話題にメールが殺到したり、自身のSNSでハッシュタグをつけてつぶやいて、それがまとめられてレジェンドが生まれたりするのか。

言わなきゃいけないことをちゃんと言うスーさんの合間に、言わんでもいいけど超どうでも面白いことを言ってしまうスーさんが現れるのを、みんな待っていたとしか思えない反応だ。

エッセイを書きましょうという話になったとき、編集者は、どういったコンセプトで、ターゲットは誰で、読者は何を得ることができるのかを考えてきてくださいと言った。企画を通すために、「今人気のこの本みたいな本です」という例があるといいとも言われた。

しかし、考えるよりも書くほうが楽しいので、何も考えずに書き始めた。

目指した本もない。ハーゲンダッツみたいなアイスを作ろうと努力するより、ハーゲンダッツをたくさん買えるように馬車馬のように働くタイプだ。

本は、書く人読む人共通の言語で書かれており、プロの編集によって、読みやすく整えられている。しかし基本的には、書く人の頭の中で考えたことが、文章になっている。

それなのに「私のことが書いてある！」だとか、「まさに私のための本！」だとか、目を潤ませながら感激する読者がいるのはどうしたことか。（ここにもいる！）見ず知らずのあなたのことを書けるわけはないし、ましてやあなたのためだけに書いたわけでもないだろう。

このことから、読者は自分にとって都合のよい読み方をする、よって、著者が何を意図しようが、読者がどう受け取るかは予測不可能、ということになる。

要するに新井さん、面倒臭かったんですね、考えるのが。（編集者の声）

でも、ここまで書いておいて、企画が通らなかったら困る。

自分で刷ってホチキスで綴じてもいいが、出版社を通さない本の売り上げは全て会社に吸い取られ、忘年会で行われるビンゴの景品を買うための費用か何かにされるだろう。

私は、ぎゅっと力を込めて叫んだ。

そんなの嫌ー！　ビンゴはいつも当たらないー！

そこで、パンツの穴に戻る。相変わらず、見事な脱線ブーメランでございました。

穴が開いたのは、ぎゅっと力を込めたから。

誤解のないように言っておくが、穴が空いたのは私のパンツではなく、メールを投稿したリスナーの奥さんのパンツだ。

どうやらその方の奥さんは、パンツを穿くときにぎゅっと力を込めて引き上げるくせがあるようで、旦那さんは洗濯したパンツの両側、ちょうど腰骨にあたる部分に親指が突き破った穴が開いているのを見て、投稿したのである。そこから発展する、「みんなはパンツの穴どこに開く問題」。痩せ型のリスナーから早速、尾てい骨の部分に穴が開く、という驚愕のメッセージが届いた。なるほど、痩せすぎだ！

このどうでもよさ。敏腕ディレクターが考えようと思っても、絶対に思いつかないほどどうでもいい話題。リスナーの大好物だ。

企画会議では、新井さんの本は『生活は踊る』みたいな本です、とアピールしてください。ただし、ニュースデスクはお休みです。

もしその会議の場に、リスナーが半数以上いれば、あぁ、ああいう感じね！と簡単に可決されること間違いなしである。

ところでどうでもいいついでに、私のパンツの穴の話。

必ず、かなり早い段階で、左のウエスト部分に穴が開く。

縫い込まれたタグを外すのに、はさみを使うのが億劫で、ぶちっと引きちぎるからだ。そのせいで縫い目がほつれ、数回洗濯すると、もうそこから穴が開いてしまう。

今度買うときは、「すぐ穿（は）くんで値札取ってください」とお願いしよう。

任侠チョップドチョコレート

もう何年もひとりで通っているビュッフェレストランで、「お客様、ご利用は初めてですか?」と聞かれた。

心中ニンマリだ。何度でも、初めてですかと聞いていただいてかまわない。

そして、どうか「いつもありがとうございます」だけはやめていただきたい。いや、やめてくださいお願いします後生ですから。

そう言われた途端、もうそこには行き辛くなってしまう。

仮面をつけたまま食事はできない。

認知されたくないのだ。

誰も自分のことを知らないところで、生きていることも死んでいることも知られずにいたい。

　ベッドの上で死に行く私を、優しい目をした人たちが囲むなんてゾッとする。うっかり長生きしたらこのワンルームで孤独死かもしれないが、お手を煩わせるのが嫌なので、ほとんどミニマリストみたいな生活だ。事切れる前にブックオフさえ呼んでおけば、残りは10分で片付く。銀行口座の残高48円は、コンビニの募金箱にでも入れておいてください。

　脱線したら、エンディングノートみたいになってしまった。


　よく行く１００円ローソンは、レジがたった2台しかない小さな店舗なのに、いつもレジの人が違う。一体何人アルバイトを雇っているのかと思ったら、名札には名前がなく、応援とマジックで書いてあった。応さんではなく、常に人手不足のため、日雇いの派遣でなんとか回しているのだ。

　その「応援」スタッフの、ななしのごんべ感がとても気に入って、よりいっそう通うようになった。

逆の立場では、私が書店員として、そういう思いをさせてしまったこともあったかもしれない。

またレジあいつかよ。やだなぁ……これ面白かったですよ、とか話しかけてくるんだよ。俺が買う商品を1冊1冊認知するなよ。あぁもうやだ、今度はアマゾンで買おう。

このようにして、大事なお客様を逃していた可能性もある。

こういう例もある。

せっかく裏返しで差し出したのに、店員がバーコードをスキャンしたあと、袋に入れるときに表にひっくり返してしまった爆乳写真集事件。

二度と行かない本屋ならかまわないが、スタッフに常連客として認知されているほどよく行く店なら、大変気まずい。

その日から俺は「爆乳の人」と呼ばれるんだろうな。

それを想像すると、せっかくの爆乳もおちおち楽しめなかったことだろう。申し訳ない。

アルバイトしていたアイスクリーム屋では、常連客になんとなく名前がついていた。大納言あずき、チョップドチョコレート、ナッツトゥユー。いずれもフレーバーの名前だ。

なぜなら彼、彼女らは、毎日のように来ては、同じフレーバーを頑なに食べ続けるからである。

せっかく31日毎日違う味のアイスクリームが食べられるようにと、店名にまで冠して豊富なフレーバーを用意しているのに、超ど定番の地味フレーバーを、時には一途にダブルで食べ続ける愛しき常連さん。

チョップドチョコレートさんはお元気だろうか。

想像だが、彼は暴力団の構成員だ。

ほぼ毎日、昼前にふらりとやってきて、チョップドチョコレートのレギュラーダブルを購入する。

600円近くしたから、朝ごはんでも昼ごはんでもないただのおめざだとすれば、なかなか大きな出費である。オールバックに黒服で、濃厚なチョコレートアイスにチョップしたチョコレートを大量に混ぜ込んだアイスクリームをこよなく愛す男。今月のおすすめフレーバーの試食を差し出しても、頑なにチョップドチョコレートな男。鉄砲玉として敵対する組に乗り込んだチョップドチョコレートは、あえなく返り討ちにあい、首から下を土に埋められて思う。あぁ、この茶色い土が全部チョップドチョコレートだったら俺はどんなに幸せだろう。

馬鹿言ってんじゃありません。

チョコレートといえば、思い出すのは私のホストファミリーのこと。

中学3年の冬、何を思ったか、カリフォルニアに1カ月ほど短期留学をした。たぶん新井家、バブルでお金が余っていたんだと思う。

メリークリスマス&ハッピーニューイヤーの時期だったので、ステイ先には親戚一同が大集結していた。うわぁ、そういうの反吐が出る。祖父母の家に親戚が集まる正月は「ホワッツマイケル」の最新刊買ってくれなきゃいかない！　と死ぬ気で駄々をこねた小学生だった。

おまけにここでは、超目立つ。私だけ血が繋がってないし、肌の色も足の長さも違う。誰もが私を「日本のミエカ」だと認知している、逃げ場のない最悪の状況。

でも、人生の中で最もフリーを感じたのは、カリフォルニアだった。

言葉の不自由を遥かに上回る自由があった。

一応客人だが、勝手に冷蔵庫を開けて飲み食いしてもいいし、朝までソファで寝ていてもいい。腹を壊そうが、風邪をひこうが、すべては自分の責任だ。

ただ、一度だけきつく注意されたのが、配られたホットチョコレートを年が明ける前に飲んでしまったときだ。年明けとともに飲むとハッピーになれるドリンクなのに、というようなことを言っていたと思う。つまり、私にハッピーでいてほしいのだ。なんだか、びっくりした。

たぶん、人を放っておくポイントと、絶対に放っておけないポイントが日本の人とは違うのだろう。

もしかして私は、日本に向いてないのか。

シャワーの〆に手鼻でブー

シャワーの〆に手鼻をかむ。それほど鼻水が出ない体質だが、濡れた手の平や鼻の下の水分が加勢して、瑞々しく高らかな音が鳴る。その爆音は換気扇を通り抜け、静かな夜空にブーと放たれる。それは時報のように、毎日毎日繰り返される生活音。私が生きている証だ。

スーパー銭湯の大浴場では、ブオーンとほら貝のように響いて、気持ちがいい。

ポケットには、必ず「つぶグミソーダ味」が10粒くらい入っている。

大豆サイズのやや固めのグミで、レモンソーダやメロンソーダなど、いくつかのソーダフレーバーがひとつの袋にたっぷり85グラム入っている。

それをジャラッと手に出しては、直にポケットへ突っ込んでおくのだ。ドラゴンボールでいう仙豆のようなものである。それを年間1000回は繰り返しているので、おそらく私は日本一「つぶグミソーダ味」を消費している人間だろう。そういう今も、食べている。うむ、ホワイトソーダ味だ。

ペプシを水のように飲んでいる。今も手元にある。

一人暮らしの冷蔵庫には、1・5リットルのペットボトルが常時2本冷えており、玄関には8本入りのダンボールが、2つ重ねて置いてある。楽天で安く買っている。エントランスの宅配ロッカーに届くのだが、2箱をバンドで留めてあるため重すぎて持ち上がらず、ずるずると引きずって部屋まで持ち帰る。週一で、死体を引き摺るような音が、廊下に響く。

寝起きの一杯も、ごはんのときも、薬を飲むときも、翌日健康診断のときも、ペプシ。だってペプシしかないから。

あまりにも日常で、普段意識することもないが、こうして「私のこだわり」を書き出すと、枚挙にいとまがない。

スイカの種は1粒残さず食べるし、抹茶クリームフラペチーノは、ストローでカップの壁面をぐるりと掃除しながら飲む。だから、飲み終えたカップは舐めたようにピカピカだ。

止まらない。もういいよ、こだわりはそのへんで。


人間は多かれ少なかれ、こうした愛すべきこだわりを抱えて生きている。それが、人間の数だけあるのだから途方もない。少なくともこのエッセイを読んでいる人の中で、今すぐポケットから剥き出しのつぶグミを取り出せる人はいないだろう。みんなのポケットには何が入っているのだ。


他人への興味は極薄だが、人間の業とも言える「こだわり」については人並みに興味がある。

人並みとは通常、多くの人たちと同程度であることを示すが、私がここで言う人とは、ある特定の人物を指し、それは赤羽在住の漫画家、清野とおる氏のことである。他人のこだわりについて取材し、漫画に起こして出版する（しかもすでに4巻）くらいの興味レベルということだ。ほとんど変態レベルで、興味がある。

詳しくは『その「おこだわり」、俺にもくれよ!!』をお読みいただくとして、なぜこれほど「他人（のこだわり）に興味がある」ことをアピールするかと言えば、ある共通の知人について「彼ってサイコパスっぽいですよね？」と仕事相手のオクトパスさん（韻を踏んだ仮名）から唐突に聞かれたからだ。

私は激しく動揺した。言葉に詰まる。

確かに私も、っぽいと思っていた。

でも、悪い人じゃないし、仕事も丁寧で、大変お世話にもなっている。今のところ、何も実害はないのである。表情を見る限り、おそらくオクトパスさんもそうなのであろう。そこに怒りや恐怖の感情はない。ただの世間話か。

しかし、試されているのかもしれない。ポーカーフェイスのオクトパスさんは、私のこともサイコパスっぽいと思っているのだ。私も自分をサイコパスっぽいと思う。

これを冗談と捉えるべきか。待ってましたと同調すればいいのか。それとも庇うのか。サイコパスはサイコパスを庇う習性があるのかは知らないが、ヴァンパイアは別のヴァンパイアがヴァンパイアかと疑われていたらヴァンパイアじゃないと庇うだろう。身近にヴァンパイアがいると知られればヴァンパイアは生きづらくなるからだ。どう答えれば自分はヴァンパイア、いや、サイコパスではないと思われるのか。

私は彼のどんな態度でサイコパスを疑ったっけ。何かそれらしい発言はあったっけ。もともと他人に全然興味がないため、なんかそういう風に感じたなー、というぼんやりした感覚だけしかなく、具体的なことは何も憶えていなかった。だからますます、何も言葉が出てこない。


他人に興味がないのは、サイコパスの有名な特徴だ。何か興味があるところを見せなければ、私の立場がまずい。

「ところで、さっきから気になってたんですけど、ポケットに何入れてるんですか？」

オクトパスさんのカーゴパンツのポケットが四角く膨らんでいて、商談中、ずっと気になっていたのだ。つぶグミではない。何グミだろうか。

いや、きっと板チョコだ。冬山に登る人は非常食にするというし、仕事なのにカーゴパンツを穿いてくるあたり、サバイバル思考なのかもしれない。そのおこだわり、俺にもくれよ!! ロッテの霧の浮舟、分けてくれよ！

「あぁこれ？　さっきまで読んでた本」

ポケットには、脳科学者・中野信子さんの新書『サイコパス』が入っていた。

なるほどね、だからサイコパスの話がしたかったのね。

その本、超面白いよね、ハハハ。

……いや待てよ。

これって、ヴァンパイアにさりげなく十字架を見せてみる的なアレだろうか。

やっぱり試されているのか。

だとしたら、私は一体どんな反応をしたらいいんだ！

漆黒の闇を身に纏う堕天使のような園児

彼女のランドセルは赤だった。それがとても、不満だった。

将来愛用することになる鋲だらけのライダースや厚底編み上げブーツと同じ、漆黒レザー製に惹かれていたのである。

まだ平成にもなっていない頃の公立小学校だから、赤ではないランドセルを選んだ女児は、学年で数人しかいなかった。

そのピンクや水色のランドセルは少女たちの憧れだったが、彼女だけはダセェと思っていた。男子だったら、自動的に黒だったのにな。

その頃から、すでに彼女は暗黒世界（ビジュアル系）に共鳴していたのである。

両親は暗黒世界とは程遠い、サザンオールスターズを適度に愛する、ごく爽やかな人間だった。

しかし彼女は、小学生どころか、すでに幼稚園の年長さんでその片鱗を見せていたことが、卒園アルバムよって証明されている。

お遊戯会で日本舞踊を踊ることになり、衣装の着物として選んだのが、黒い着物だったのだ。

彼女に当時の記憶はなかったが、物心ついてから写真を見た時に、やっぱり、と妙に納得をし、漆黒の闇を身に纏(まと)った堕天使(だてんし)のような当時の自分を、誇らしく、愛しく思ったのである。

その前年の、年中さんのお遊戯会では、ペンキ屋さんダンスを披露したらしい。

衣装は全員、赤白ギンガムチェックのシャツにデニムのオーバーオールという格好。

黄色いバケツと木の刷毛を持って踊る姿がかわいいと、先生からも大好評だったそうだ。

母親が得意そうに語ったのは、自らが衣装係を担当したからで、そういった健康的な色使いを娘に着せたいという願望の表れだったのだろう。

残念ながら願いは叶わず、60を超えた今でも、彼女の母親はギンガムチェックのシャツをひとりで着ている。

日本舞踊は、幼稚園で用意した着物の中から、園児が好きなものを選び取る方式だった。過去のお遊戯会で使用したものを、保存してあったと思われる。

やはり人気なのは赤や橙の華やか色で、舞台の上は、秋の京都のような華やかさだ。そんな中、誰もが忌避する未亡人のような着物を選んだ娘に、母親が一抹の不安を抱いたことは想像に難くない。

黒い着物を園児に用意する幼稚園にも問題はあるが、まさかよりによってそれを選ぶとは思わなかったのかもしれない。

そして彼女は、岩のように頑固だった。スーパーに連れていけば、お菓子を買ってくれるまで梃子（てこ）でも動かない。動かなければいつか手に入ることを知っている、悪魔のようなお子様だったのです。

その結果、卒園アルバムには、孫の結婚式に出席する、小さいけれど貫禄のある祖母のような園児が、舞台の一番端でどっしりと舞う写真が収められたのである。（彼女は少し太っていた）

暗黒世界（のおっかけ）で出会った10年来の友人、ホワイトタイガーさん（仮名）から、娘のランドセルについて相談したいと、彼女にＬＩＮＥが届いた。

ちなみにホワイトタイガーさんの夫は、今でこそ世界的に有名なオーディオ会社の社員に収まっているが、元は暗黒世界からの使者、地獄の底から這い上がるようなデスボイスで歌う某ビジュアル系メタルバンドのボーカルで、死神も逃げ出すようなデスメイク、そして真っ赤なソバージュの髪はお尻の下まであり、それをブンブンと狂ったように振り回しているイカれたバンドマンだった。

これ以上理想的な結婚相手がいるだろうか。

そんな両親から、暗黒世界のサラブレッドとして生まれた娘には、乳飲み子の頃に一度お目にかかっただけだが、憧れにも似たシンパシーを感じている。

黒フリルのスタイを贈ろうか、頭蓋骨を模したカラカラを贈ろうか、などと考えていたら、もう小学生になるとは、光陰矢の如しである。

ホワイトタイガーさんにランドセルの話をしたことはなかったが、何か感じるところがあったのだろう。きっと経験者としての助言を求められているのだ。


続けて送られてきたＬＩＮＥには、「どちらか迷っています」というメッセージとともに、ランドセル候補①、②と題された画像が添付されている。

イオンのランドセル売り場で、娘が満面の笑みで背負ってみせている写真だ。

安っぽいミルキーピンクと、ギャルっぽい薄紫色。


あれ？

ジーザス！　なんてことだ。黒い血は全く引き継がれていなかったよ！

誇るべき過去は、お父さんお母さんになった二人にとって、封印したい黒歴史となっていたのだ。

この裏切られた感。彼女は絶望した。

闇の世界に置き去りにされた孤独なアラフォーバンギャルは、ファンシーな色のダセぇランドセルを呪った。

いつか両親の真実を知った娘がグレたら、暗黒世界に誘って、仲良く頭を振ろう。

それを希望に生きていこうと、彼女は決意した。

ＬＩＮＥは既読スルーすることにした。

その朝〇新聞、一部虚構新聞です

某新聞のインタビューで嘘を吐いた。

テーブルの上のボイスレコーダーに、動かぬ証拠が残ってしまった。

記者は念のためと言って、大学ノートにメモまで取っていた。

あっち向いてホイしてＳＤカードを盗むという選択肢はなくなったわけだ。

こっち向いてノートがなかったらさすがに気づかないわけがない。

記者は、とてもお世辞とは思えない様子で、感動的なインタビューでしたぁと、目に涙まで浮かべて帰って行った。普段、よっぽどつまらん仕事が多いのだろう。

嘘が下手なので、あっという間にバレて、滑稽なだけで終わるのが通常だ。

しかし、なぜかインタビューではいつも嘘を成功させてしまう。

本番に強いタイプ？

責任転嫁はいけない。「まったく何年記者やってんだよ！」と、パワハラ編集長みたいにテーブルを叩いたところで、新聞社の名刺がひらりと床に落ちて、虚しくなるだけだ。悪いのは嘘を見抜けなかった記者ではない。

今なら間に合う。名刺の番号にかけて、嘘を吐いてしまったと謝罪するのだ。新聞は雑誌と違って、掲載前の原稿確認がない。吹けば飛ぶような書店員のインタビュー記事など、掲載日もふんわりとしている。平和すぎた日に、詰め物のように使われるのだ。

それだけに、いつどのタイミングで、自分が世界的な嘘吐きになってしまうのかがわからない。まるで死刑囚だ。

ついにある日、一部虚構新聞が配達される。実家が読売新聞でよかった。

そういう問題ではない。もし嘘の大きさではなく、嘘に騙された人数でポイントが貯まるなら（どこの何ポイント？）私はものすごい勢いでポイント長者だ。

虚構新聞を読んだ購読者が、その記事に感銘を受けてツイッターに上げた。それ、嘘なんだけどな。すると運の悪いことに、フォロワー10万人の人気絶頂アイドルが引っかかって、ファンに向けてリツイートをしてしまった。可愛さが計算された泣き顔ショットとともに。

それを嘘泣きヤーイと指摘する資格など私にはない。むしろ泣いて嘘をお詫びしなければならない案件だ。

アイドルの涙を信じた善良な市民たちが、拡散に拡散を重ね、その感動のストーリーの「まとめ」が、書籍化される運びとなる。

「私はインタビューに答えただけです。印税ですか？　あはっ、じゃあ何か困ってる人のために使ってください」（朝○新聞独占インタビューより）

この時の「あはっ」が実に謙虚で素晴らしいと話題になり、その年の流行語大賞に選ばれた。

今更それは、漫画家・伊藤理佐のパクリであるとは、とても言えなかった。（朝日

新聞出版刊『ステキな奥さん　あはっ』より）

書店員である私は、その本をノンフィクションの棚に差す。売れれば差す。ロングセラーなので、何度も差す。

そのたびに、チャリーンと嘘ポイントが貯まる仕組みだ。世界中で、私だけが、その本がフィクションであることを知っている。

印税で救った小さな国に、石油よりなんかすごいエネルギーが埋まっていることがわかり、死ぬまで使い切れないほどのお金を王様からもらった手前、何も言えず、定年を迎えてしまった。

残された時間がもう少ないと知った時、人は心に仕舞ったことを、誰かに話してしまいたくなる。

隔世遺伝で自分とそっくりに育ってしまったどうしようもない孫を、病室に呼んだ。嘘下手の嘘吐きであるだけでなく、ばあちゃんから小遣いをもらいすぎて、すっかり世を舐めた大人になってしまったのだ。

ウッソー、ばあちゃん、それマジ？

あぁそうだよ。あたしゃ××には行ってないんだ。だから××なんてしてないんだよ。

病床で語られた、天下の朝〇新聞に掲載された感動の記事を覆す驚愕の真実は、問題の孫によって暴露本となり、30過ぎてようやく自分でお金を稼ぐことを覚えた。

しかし、あの新井の孫ということで押しかけてきたインタビュアーに、またぞろ嘘を吐きまくってしまい、ばあちゃんと同じ道を辿るのであった。

当時は駆け出しだった記者は編集局長にまで上り詰めていたが、このスキャンダルを受けて、辞職した。


ハッ。なんか嫌な夢見た。なんて酷い後味だ。

私は見た夢を、すぐに忘れるタイプだ。夢は所詮夢で、詳細を憶えていたって仕方がない。身支度をして電車に乗る頃には、なんか嫌な気分だったが、なんで嫌な気分になったのかは忘れた。

「おはようございます」

「あ、新井さん！　朝〇新聞見た？」

しかし、そうは問屋が卸さなかった。

超、嫌な予感。死刑執行は思ったより早かった。

家で新聞は取っていない。会社では日経ＭＪしか読んでいない。

感想を言われると、よく憶えてないなどと言って、場を白けさせる。

「そういうのもう興味ないいんだよね～」というこなれた業界人を装っているが、下手な嘘はバレバレだ。

しかし本当の意味で、真実に気づいてる人はいないだろう。

格好つけているわけでも、照れでもない。吐いた嘘が全国規模になるところを直視できるほど、心が強くないだけの話である。

私にはベストがある、フックなんていらない

私の勤める書店には制服がある。カラーブラウスにスカートを穿いて、ベストを着るという豪華3点セットだ。

ウエストを絞るカッチリとしたデザインのせいだろう。休憩時間に銀行や郵便局へ行く際は、冗談みたいにカジュアルなものを羽織っておかないと、お問合せ地獄に嵌ってしまう。

ベストを脱げばいいと仰るか。

それは、ひっくり返っている亀に、甲羅を脱げばいいじゃない、と言うくらい無理な話だ。このベストは、脱げそうで脱げないのである。

あらゆる洋服の中で、ベストの必要順位は低い。一般的に言って、ボレロの次くら

いだろうか。

もしフランス人のようにたった10着しか服を持てないのだとすると、ベストなんてとてもじゃないが、持っている場合ではない。

しかし高校生の頃の私は、ニットのベストを真夏でも毎日着用していた。スカートの丈を短くするために折り込んだウエストを、セーターよりは涼しいベストで隠すためだ。セーターだったら何度熱中症で倒れていたことか。その節は大変お世話になりました。

それから約10年後、私は再び、ベストに助けられる。

今から私は、自慢っぽいことを言う。事実なのだが、どうしたって嫌味に聞こえてしまう類のことはある。人に羨ましがられることなど滅多にない人生だから、たまには許してほしい。

思えばこのエッセイの中で、私が何かを自慢したことがあったか。どこだ。何ページの何行目だ。あったら教えて！　ないんだよ！

貯金が100万円もあるとか、京大卒だとか、週刊誌に「お相手の一般女性Aさん」として目線入りで写真が載ったとか……。

つまりそれは、私が「自慢しやがって」と思う人たちのことなのだが、いくら注意深く読み返しても、そういう記述はどこにも見当たらないのだった。夢のないエッセイである。

自慢じゃないが、私の制服は5号だった。

あー言っちゃった！　好感度ダダ下がり。

女はいくつになっても、体型の話に敏感だから。

特に「自分がどんなに痩せているか」話は、痩せすぎてパンツに穴が開いた、くらい面白くないと、自慢にしか聞こえない。

でも、聞いて。5号なんだって、知ってほしい欲求が止められない。

更衣室のロッカーは2～3人で共用していたが、制服を脱いだあと、わざとサイズのタグが見えるようにハンガーにかけた。

なぜそんなことをしたかというと、自分も他人の制服のタグを、見るともなしに見ていたからだ。ふぅん11号か、意外と……グフフ、なんて優越感を感じていたからだ。好感度なんてくそくらえ。


レジの仕事に慣れた頃、レジカウンター脇にある旅行ガイドの補充をする係になった。同じ建物にパスポートセンターがあったので、海外ガイドが冗談みたいに売れるのだ。

本棚の下は引き出しになっていて、そこにストックがぎゅうぎゅうに詰まっている。それを引っこ抜いては、棚に差して差して差しまくる。

私は夢中になった。とても本屋っぽい仕事だし、レジから出られない人たちが、キビキビ働く私を羨ましそうに見ているのが、背中でわかる。

トントントン。

しゃがみこんだ私の肩を、誰かが叩いた。

振り向くと、腰を屈めて近づけてくる男性の顔が近い。瞳が茶色いが、ハーフだろうか。あらやだ、吸い込まれそう。

「ファスナー開いてるよ」

彼は私の耳元にバリトンで囁いて、去っていった。

アー知ってるよ、ヘイわざとだよ、モー腹が出すぎて閉じないだけサ。とは返せず、ただ赤くなる私。

いくらヒューヒューロ説かれてたネ、顔赤ーいなどとからかわれても、本当のことは言えない。

下半身は全然5号ではない、ということを知られるわけにはいかない。

私は今、せいいっぱいベストを褒めている。あーあー、伝わってますか？ ベストの話だってこと、憶えてますか？ どーぞ。

制服がブラウスとスカートの2点セットだったら、スカートの後ろのファスナーがほぼ全開であることを、隠しようがなかった。意外と腹が出ていることが、バレてしまう。

そうまでして5合にしがみつきたかったのか。まちがえた。それでは米だ、どすこい。頼むよ校正さん。制服は5号である。

ファスナーを上げて最後に留めるフックは、トイレでくしゃみをした瞬間、あっけなく飛んだ。おまけに便器にポチャンと落ちて、慌てて立ち上がったらセンサーが作動して流れてしまった。フックは二度と帰ってこない。

でも、私にはベストがある。留まらないフックなんていらない。

ベストはもはや、私の人生に欠かせないアイテムだ。

実は、まだあるんだ。ベストを脱げない理由が。聞いてくれるか?

同じ袖なしでも、タンクトップは比較的薄い生地でできている。暑いからこそ、あんな下着みたいなものを着るわけで、当たり前である。

逆にベストというのは、基本的に寒いから重ねるもので、生地は厚手だ。

特に制服のベストは、ピンストライプのスーツ生地で、真夏はあせもができるほどの厚手だった。

だがそのおかげで、私の胸はいつも開放的だった。ベストが2つの突起を隠してくれるため、大嫌いなブラジャーをつけないで済んだのである。制服の下にスポーツブラすらしないなんて、小学4年生以来のラリホーだ。

誰も私がノーブラであることを気づかなかった。約7年間も。

ははは、まいったか！

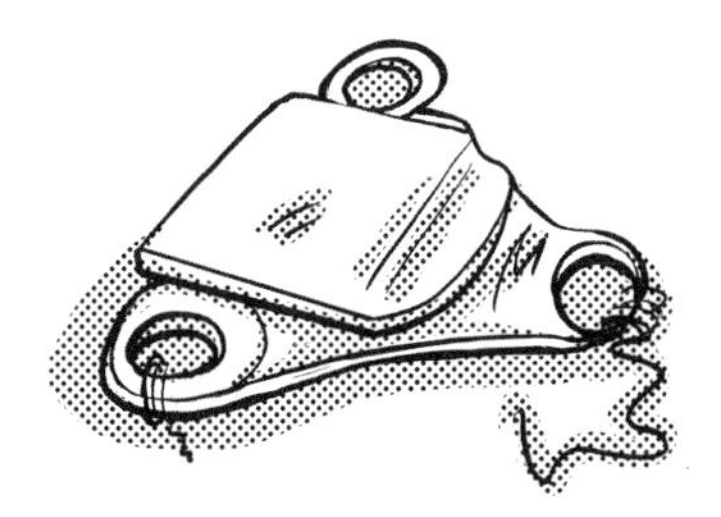

快速と急行ってどっちが速いんだっけ

朝に乗る電車はある程度確定しているが、帰りの電車は行き当たりばったりだ。ジェラート屋に寄り道することもあるし、仕事の付き合いで飲み会があることもある。

改札の向こうに、直近の時刻表が表示されているのが見えてきた。

今すぐ乗れるのは快速だ。10分後には急行がある。あと1分で発車の快速は、さすがにもうパツパツだろうし、駆け込み乗車はいけません。急行は前の各駅が発車していないから、まだ到着してもいないということだろう。つまり、座れる可能性大。しかし10分後か。

だいぶ手前から考え始めて、定期券をタッチする頃には、心が決まる。

比較検討した結果、私は急行が停まるホームに颯爽（さっそう）と進んだ。

とかいって、いまだに実は急行と快速の差が何分なのか知らないし、座ったが最後、寝落ちしてしまうので、乗車口でないほうのドアの脇に立てればそれでいいのだが。

10分後、急行が発車した。これでひと安心だ。

ところで、この電車は、私の住む駅に停まるだろうか。止まらないこともあるのだが、それは私の知る限り不規則で、よくアナウンスを聞いていないと、降りなくていいところで降りてしまう。

その緊張感が、読書の邪魔をする。ここはやっぱり、必ず停まる準急にすればよかった。


本を閉じたが、ラジコのタイムフリーで「生活は踊る」を聞くわけにもいかない。面白過ぎて停車駅のアナウンスを聞き逃してしまうからだ。仕方がないので、スマホを立ち上げて、難しくないナンプレでもやろう。

アッ、お恥ずかしい。そういえば私のスマホは、画面がバキバキに割れているのだった。後ろの人が覗き込むかもしれない。

直すお金がない人だと思われるのはやぶさかではないが、だらしのない女だと思われるのは不本意だ。

そしてさっき、私に酷いことを言ったあの上司がうっかり転んで怪我はしないんだけど手に持っていたスマホの画面を地面に叩きつけてバリンと割りますように、と密かに願ったことを思い出した。

神様へのお願いは、具体的なほうが親切だ。

私以上の不幸に見舞われろとは言わないが、私と同じ目に遭いやがれコノヤロー！　である。

私のＳＮＳは全て公開設定だ。だからというわけではないが、そこで誰かを悪く言ったことは一度もない。書き込む前に、散々逡巡するからだ。

私が聖人君子でないことはここまで読めばおわかりかと思うし、自分の考えを表に出すことに慎重なタイプでもない。そもそも慎重なら、エッセイなど出版しない。

ただ、世界に発信しちゃうことで溜飲を下げちゃおうとするのは、なんかちげぇなと思うだけだ。

それをなんかちげぇんじゃねぇか俺、と疑う前に、パッと発信してしまえる人とは、危険だから絶対に付き合わないほうがいい。

それは、その人の過去の投稿を見れば、一目瞭然だ。

そうやって逡巡せずに交際していた頃の全裸写真を拡散しちゃうかもしれないし、彼にだけ打ち明けた秘密をバラされちゃうかもしれない。

なんでそんなことを言い出すのかといえば、柚木麻子さんの小説『さらさら流る』を読んだからだ。

それは、元彼が自分の半裸写真をネットに流出させてしまい、それに傷つく主人公の、再生の物語だった。

正直私は、同じことをされたとしても、傷つかない。おかずにはならないが、小鉢の惣菜くらいにはなるだろうか。なんだかしらんが、平気だ。稼いだ金があれば没収するだけだ。

何か欠落しているのかもしれないが、ダメージを受けない分、生きやすいとも言える。

もしそれが会社に知れて、事情も聞かずにクビにするなら、そんなへっぽこ会社こっちから願い下げだ。

つまり私と主人公は、全く違うタイプだ。

しかし、その物語を読んでいる間、主人公の傷みが全く理解できなかったかといえば、そんなことはない。恐怖も不安も怒りも、自分自身を責める気持ちも、その通りだと思った。

私は思わないけど、彼女はそう思うということを、その通りだと思う。

依然、サイコパス疑惑は晴れない私だが、共感せずとも、人の気持ちがわからない人間ではない。本当はわかってはいないのかもしれないが、そんなのはみんな一緒だ。

悪口はいくらでも言えるし、瞬間湯沸かし器ではあるが、それをＳＮＳで世界に発信しないのは、埋もれるほど小説を読んできたおかげだと思っている。

素人が飯の写真を世界中に垂れながして、誰がおめぇの食ったもんなんかに興味があるかよ、と嗤(あざわら)った玄人がいたが、実に浅はかである。

人間が生きていて、何もねぇわけがあるかよ。

急行に乗るか、快速に乗るかだけで、毎日あれだけの逡巡があるのである。それ自体はくだらないことかもしれないが、逡巡するにはまたそこに理由がある。

何を公開するか、しないか。そもそもＳＮＳをやるか、やらないか。逡巡しまくっての、飯なんだろう。

だから見てしまうのだ。今日も平和な飯テロタイムラインを。

なぜ投稿するのか。どう思って欲しいのか。何と言ってもらいたいのか。

想像は膨らむ。妄想は止まらない。そこにはなんもねぇどころか、ありすぎる。

ちょっと休憩といってスマホを手に取ってゴロンとなったが最後、今日はエッセイ書くのもう終わりにしようかねぇ、という時間になってしまったことの長い言い訳でした。

#05 生きるのに向いてない

食パン30枚分の黒糖ミルク珈琲

会社のすぐ近くにある上島珈琲で、冷たい黒糖ミルク珈琲（L）を飲み干さないと会社に行けない日がある。

上島珈琲は、職場の通用口から50メートルほどのところにあるので、店に入る前にさりげなく振り返る。

マックの１００円コーヒーを大切そうに抱えた上司が後ろから歩いてきていたら、コンビニに寄ってからにしよう。

私もずいぶん、会社員らしくなったものである。

銅製のマグに注がれたそれは、１杯５５０円だ。マックの上司には申し訳ないが、黒糖はミネラルたっぷりなので、朝食だと思えばの贅沢である。

しかしヤマザキの6枚切り食パンに換算すると、約30枚分。自宅で何も塗らないトーストと水で済ませれば、朝食1カ月分だ。

そんな身の丈に合わないご褒美を与えないとならないほど、私は会社に行きたくないのだろうか。

数年前、何かのインタビューで、会社に行きたくて仕方がない、とカリスマ書店員の新井さんは答えていた。

帰宅すれば、明日職場でやりたいことがいくつも思いついて、遠足前の子供のように夜も眠れなかったし、やろうと思っていたことを思い出して、デートの約束を蹴ってまで休日出勤したりしていた。

ブラック企業でもなんでもないが、私は今、休みを取ろうとすると、遠い昔の有休から消化していかなければならないほど、会社に行きたくて仕方がない病だった。

今では、そこまでの情熱を仕事に感じることはない。

周囲から、その働き方では数年以内に心か体が死ぬと言われていたので、異動をきっかけにある程度距離を置くことができたのは、よかったことだと思っている。好きすぎて本格的なストーカーになる一歩手前で、相手に通報された感じだ。

その瞬間は反発を感じるが、落ち着いてくれれば、ブレーキをかけてくれたことに感謝すらする。

私はどちらかというとストーカーする側なので、冷静な今、する側を代表してお願いしておく。

やばいなと思ったら、お手数ですが、早めに通報してあげてください。

津村記久子さんの『この世にたやすい仕事はない』は、仕事に燃えて燃えて、うっかり燃え尽きてしまった主人公が、ハローワークで「ドモホルンリンクルの雫がぽたりぽたりと落ちるのを見守るような仕事」を探す物語だ。

あのままいけば、私も彼女と同じ轍を踏んでいただろう。そんなたやすい仕事は、ドモホルンリンクルのＣＭの中以外、どこにもない。そして、一度壊れてしまうと、元に戻るのもたやすいことではない。

そうして増えることはなくなったものの、溜まった有休は一向に減らない。

なぜなら私は、休むことに向いてない。

夏休みとして与えられる4日間の休暇は、使用期間内に消化するのも一苦労だった。

一日一西瓜に換算して、自宅に送ってもらえないだろうか。

本屋にはほぼ定休日がなく、ほぼ毎日新刊が出るため、やる気があればあるほど、心安らかに休める日がない。

休みたいのに休みたくないというひとり綱引きみたいな状態で、負けそうになっている「チーム・休みたい」を、オーエスオーエス！　と応援しているのが、一杯の黒糖ミルク珈琲なのだった。

上島珈琲に立ち寄る時間がない時は、コンビニでいちご牛乳を買う。そこで必ず見かけるのが、カモノハシさん（仮名）だ。あるプロレスラーに似た、髪をメッシュに染めている男性であるハシ。

レジ脇にあるセルフ式のコーヒーを必ず購入し、それが出来上がるまでの間、ほぼ毎日変わらないコンビニのスタッフに、朗らかに話しかける。そのうちのひとりは中国人の女性で、本当に愛想がない。あまりにもないので、自分で「いらっしゃいませ」と言いながら品物を差し出してしまうほどだ。それでも彼女は、何も言わない。

そんな彼女も、カモノハシさんに声を掛けられれば、笑って反応する。年下のオーナーに雇われている熊の着ぐるみみたいな店長も、その時だけは人間らしい自然な笑顔を見せる。

彼らは毎朝、カモノハシさんがやってくるのを楽しみにしているのだ。


しかし、人間はペラペラの一枚紙ではない。生きてきた分だけ分厚くなった本みたいなものだ。パッと見では内容がわからず、たとえ全てを読んでも、理解ができないこともある。

今日一日分の愛想をコンビニで使い果たしたカモノハシさんは、別人のような無表情で出勤する。コーヒーは嫌いだ。彼はコーヒーが落ちる時間を買っているだけで、コーヒーが飲みたいわけではなかった。一日中誰とも口を利かず、薄暗い部屋で黙々と仕事をこなし、退勤時間キッカリにタイムカードを押すと、ひとつため息を吐いて、帰途につく。満員電車では両手を上げて目を閉じ、全てをシャットダウンする。その間に浅く眠り、また明日の朝、コンビニで笑っている夢を見ることもある。あのコンビニがあるから、自分は大丈夫だ。彼はそう信じている。

彼はまだ、明日の朝「今月末で閉店します」という貼り紙を見ることを知らない。

という妄想が止められない。

どうして素直にカモノハシさんを陽気な人と認められないのか。

ただコーヒーが飲みたいだけだと思えないのか。

病的と思えるほど躁な人、陽気すぎて陰気になるところが想像できない人ほど、その落差を想像して勝手に怖くなる。

どうか、あのコンビニがいつまでもそこにありますように。

地球が滅亡するボタンを押したくなるような

ボタンを押すのが好きだった。リモコンのボタン、バスの降りますボタン、ファミレスの注文しますボタン、お父さんの首筋のイボタン。

子供はみんな、そこにボタンがあると押したがる。

押したときにプーとかピンポーンとかいうと、なおさら大喜びだ。父の口からは、アッと声が出た。

大人になったら、両親がそうしてくれたように、ボタンは子供に譲るものだろうと思っていた。

しかし、私には子供がいないので、ボタンを押すのはまだ私の仕事だ。

居酒屋で上司のグラスが空いても気付かないが、誰かが店員を呼ぶボタンに手を伸ばすと、サッと横取りしてしまう。ピンポーン。あぁ、楽しい。

だから私には、未だに子供がいないのかもしれない。

リモコンのボタンは0・5ミリ。バスのボタンやインターホンのボタンは2〜3センチ。どれも指一本で押すのにちょうど良いサイズにできている。

しかし先日、超特大のボタンを手のひら全体で押すという、貴重な体験をした。

その丸いボタンを押し込んだ途端、ゴゴゴゴと重厚な壁がスライドし、それはもう、押しても蹴飛ばしても、動かなくなった。

洞穴のような密閉空間に閉じ込められた私は、ドアに寄りかかって救助を待つ。具合が悪くて、力が出ない。そのままずるずると、床にうずくまってしまった。

でも、ここは思ったより清潔で、空気も澱んでいない。危険な生物が潜んでいる様子もなく、水も潤沢にあるから、しばらくは大丈夫だろう。

うぅ……お腹が痛い。

ここは都会の真ん中のはずだ。まさかボタンひとつで、こんな事態になるとは。

大人のくせにボタンを押しまくってきた罰だろうか。

せせらぎや、姿の見えない鳥の鳴声に混ざって、時折電車の走る音が聞こえてくる。

5分ほど経っただろうか。

「開けてくださーい」

力強い男性の声とともに、重厚な壁がガタガタと揺れた。

「……開けるってどうやって」

鍵穴は見当たらない。そもそも自分で鍵をかけた記憶もないのだ。

「そこのボタンを押してください、赤ではなく、緑の!」

なんとか這い上がり、体重をかけて巨大なボタンを押し込んだ。

救出された後、念のため担架に乗せられた私は、救急車で近くの総合病院に搬送された。

「目が覚めましたか」

眠っていたらしい。

看護師さんの顔と、吊り下げられた点滴バッグが同時に目に入った。

どうやら助かったようだ。しかし体を起こそうとすると、頭がクラクラした。

「急に起き上がってはいけません。軽い脱水症状です」

診断は、食当たり。心当たりあり。

おぉ、だんだん記憶が蘇ってきたぞ……。


電車の中で急な腹痛に見舞われた私は、見ず知らずのおばさんに助けられ、何とか満員電車を脱出した。しかも、お腹が痛いと喚く私を、駅のトイレまで連れてってくれた。しかし通勤ラッシュ時は、トイレも長蛇の列。このままでは大惨事になってしまう。

おばさんは絶望する私を、トイレの手前にあった小さな洞穴に押し込んだ。

「そこの赤いボタンを押して！　大丈夫？　グッとよ？」

朦朧としつつも、言われた通りボタンを押すと、ゴゴゴゴ。

赤いボタンで閉じる、緑のボタンで開く、そこは駅の多目的トイレだったのである。

エッセイは本当のことを書くものだと思っているので、怖いくらい正直に書いてしまうが、通勤時「車内で急病人が発生したため、この駅でしばらく停車します」というアナウンスが入ると、あーあ、と思う。こうして自分だって具合が悪くなることがあるのに、びっくりするほどすんなりと、心の底から湧き上がるように、あーあ、迷惑だな、と思いやがるのだ。

しかしあのおばさんは、あーあ、どころか、一緒に途中の駅で降りて、冷たい汗を全身からビタビタと流す泥袋のように重たい女を、親切にも助けてくれた。

お礼を言った記憶がないし、連絡先もわからない。

あのおばさんにはもう、私は絶対に何も返せないのだ。

おばさんの無償の善意が、私の心のボタンを押して、それがコピーロボットの鼻のボタンのように、おばさんそっくりの心の形に変わることができたら、どんなによかっただろう。

そう思うと涙がたくさん出て、のちに怒りのようなものがふつふつと湧いてくるのだった。

神様、私は人間に向いてないんじゃないでしょうか。

あのすばらしい谷間をもう一度

小学校の授業でプールに入る日は、けろけろけろっぴのバスタオルで作ったタオルスカートを持参していた。

ウエストではなく首で穿くと、てるてる坊主みたいになる便利なアレ。タオルの下で濡れた水着をすっかり脱いでしまうと、教室なのに全裸でスースーというありえない状態になる。私はその格好で教室をウロウロしたり、ことさらゆっくり髪を梳いたりした。

思えば、あの頃から全裸が好きだったのかもしれない。

そしてそれから30年後。

公営プールの更衣室では、何の躊躇(ためら)いもなくすっぽんぽんになる。

そういう話ではない。どうしても裸方面に話を持っていきがちなのは、今も全裸で原稿を書いているからだろうか。

37歳になって、主任なんて呼ばれるような立場になったわけだが、暑い日の主任は、首で穿いたらてるてる坊主になるロングワンピース、つまりアッパッパーを着て出勤する。

さすがに首ではなく、胸の上まで引き降ろしているし、下着のパンツも穿いているが、胸から下の異常なまでの解放感は、あの頃のタオルスカートを思い起こさせる。

ごはんは腹十五分目な私でも、お腹が苦しくならず、ぽっこり出ても目立たないところも嬉しい。

ただ、胸の出っ張りが足りない私には、危険なデザインとも言える。うっかり立ち上がるときに裾を踏んだら、つるん、ジャジャーン、だ。

１００均で手芸用ゴムを購入し、両肩にお目汚し防止の安全バンドをちくちく縫い付けた。

しかし、100均だけに、数回着用するとゴムは伸びた。裁縫が苦手な私は、ついゴムの交換を先延ばしにしていた。

そんなある日のサイン会、お気に入りのワンピースで著者の横に立ち、本を開いて押さえるお仕事をしていたら、参加者に写真を撮られてツイッターに投稿されていた。

もちろんメインの被写体は著者だが、誰が見ても、おじさんの禿げかかった頭頂部より、私の胸元に目が行く構図だ。

谷間。私の胸元に、奇跡の谷間が写っている。

斜め上から差す強いライトの光や、微妙な前屈姿勢、そして伸びたゴムバンドによって極限まで露出された胸元。加えて中年太り。

様々な奇跡が重なり合って出現した、初めて見る谷間であった。

感動して、画像を保存したことは言うまでもない。

小さいことは女性のコンプレックスであるという一般常識を覆したいと常々思って

いた。小さい私が何を言っても強がりにしか聞こえないだろうが、大きくなりたいなんて思ったことは一度もない。

だが、いざ胸に脂肪がつき、谷間がうっすらと視認されると、それはオーロラのようにありがたく、写真を何度も眺めてしまう。自分でリツイートするのは露出狂みたいだが、誰か谷間に気づいて拡散しろ！　谷間についてコメントしろ！　と願ってしまうのはやっぱり露出狂なのか。

それとも、オーロラが見えたときに、オーロラだ！　と大声で叫ぶような心境か。

ビジュアル系バンドのギタリストが、ゴスロリ服に身を包んでステージに現れたとき、何か違和感を覚え、よくよく見たらおっぱいが膨らんでいた、という事件があった。なんてことをしてくれる。そこにおっぱいはいらない。（一部の特殊なバンドマン除く）

大きなおっぱいが似合う顔立ちやキャラクターというものがあって、ありゃぁいい、なきゃぁ残念、という単純な話ではないのである。

少なくともオーロラを見る前は、大枚叩(はた)いて北極くんだりまで行く人の気持ちが理解できなかった。つまり、おっぱいを大きく見せるために、いいブラジャーを買ったり、サプリメントを飲んだり、手術したりすることを、冷めた目で見ていた。

しかし、一度オーロラを見た人間は必ず言う。見てよかった。また見たい。絶対見たほうがいいよ、人生観変わるよ、と。

そうだね、私も見たいよ。もう一度見たい。

あの、すばらしい奇跡の谷間をもう一度！

そもそも、こうして「おっぱい」について書いているが、私は自分の口で「おっぱい」が言えない。言ってないから、聞いたことがある人は、この世にいないはずだ。

だって、なんて恥ずかしい音なのだ「おっぱい」って。

女性に恥ずかしい言葉を言わせて興奮する男はみんな死ねばいいと思っている。

何の話をしているんだ。

こうして「おっぱい」は、私を狂わる。

私はブラジャーを1枚も持っていない。

ワイヤーによる胴体の締めつけが苦手なのもあるが、そもそも「ブラジャー」も言えないから、ちゃんと測ってもらって買うことができないのである。

買うことも、所持することも、装着することも全てが恥ずかしい。

スポーツブラやブラカップ入りのタンクトップがありゃぁそれでいい、と思っていた。

だが、君はオーロラを見てしまった。

もう一度見たくはないか。

その、背中やお腹に逃げ放題のお肉をかき集めて、ブラジャーに収めてあげるだけでいい。奇跡の一瞬を、永遠にするのだ。

よし、書き終えた。それでは勇気を出して行ってくるぞ。

近所のファッションセンターしまむらへ！

ピザカッターをうなじにスタンバイ

駅から会社までの一本道、前方の横断歩道で青信号を待つサラリーマンが、後ろから近づく人間の気配に、クリッと振り向いた。

振り向かれたくなくて足音を消したのに、嫌な予感はたいてい当たる。


人間の首は普通、左右に60度ずつしか回転しない。真後ろを振り向くには、首だけでは到底無理で、グイっと背中を捻る必要があるのだ。

菱川師宣（ひしかわもろのぶ）の「見返り美人図」が本当に美人かどうかは置いといて、よっぽど意識的に振り向かないと、首にシワが寄り、ともすれば二重あごになって、わざわざ後ろの人間に不細工な顔を晒してしまう。そうまでして、なぜクリッと振り向く必要があるのか、私には全く理解できない。

こちらが電信柱に身を潜めているのでもない限り、近距離で人の顔を見れば、相手は見られたことに気づく。

それ気まずくないか。

我々は、目が合えば誰彼構わずハーイ！　などと笑える人種ではない。どっちかっていうと目を逸らし、大した知り合いでもなければ、暗黙の了解で気づかないフリをしたりする。

だが、たまにいるのだ。クリッと振り向いてまで他人の顔を見ずにはいられない、クリクリ野郎が。


振り向く、顔を見る、などのキーワードでネットの質問サイトを検索すると、きっとあなたが好きなのでしょう、という危険なポジティブシンキングや、怖がりなんじゃないでしょうか、という人をお化けのように言う書き込みがヒットした。

そういう話ではないと思う。

似たようなジャンルとして「電車の中でジロジロ見てくる人にはどう対応したらい

いのか」という質問も表示されたが、そういうジロジロリアンとも違う。

そういう時は、それ以上にジロジロ見て、どんなに失礼なことをしているのか思い知らせてやればいい。

うわっ、思い知らせるだって。

自分で書いてゾッとした。嫌な言葉だな。思い知らせてやろうと思ってやってよかったことなんて歴史上何もない。もしかしたら、悩みを抱えて質問を書き込んだのは、最初にジロジロ見てきた元祖ジロジロリアンかもしれないな。人は被害者になりたがる。

クリクリ野郎は、クリッと振り向いて顔を見るが、ジロジロは見ないのが特徴だ。新井クリクリ研究所の統計によると、男性が圧倒的に多いらしいが、理由は不明だ。念のため断っておくが、所長は女性だが、自意識過剰なのではない。振り向かなければ、相手の顔が美しいのか、そもそも女かどうかもわからないのだから、この研究結果は正確である。

ここはカジュアルなイタリアンレストラン。

もちろん飲食店にも、クリクリ野郎はいる。いちいち入ってくる客を、たとえ食事中でも振り向いてまで見るのだ。貴様は番犬か。

そんな立派な任務があるなら、最初から入口を向いた席にお座りすればよろしいのに……。

その男は、連れの女性と2人席で向かい合っていた。誰かを待っているわけでも、目撃されるのを恐れているわけでもないだろう。人目を忍ぶ関係なら、振り向いた時点で自爆である。

連れの女性は、切り分けたマルゲリータを片手に、一生懸命その男性に何かを話している。だが生憎、この店は人気店だった。

振り向くのに忙しい男は、始終上の空だ。

私だったら、クリッと後ろを向いた瞬間、うなじにぴたっとピザカッターを当てて、男の名前をそっと呼ぶのだが、と所長はイライラしながら自分のクワトロフォルマッジをグリグリした。

混雑した駅のホームでも、比較的短い列を探して最後尾に付くと、前の男がクリッ。後ろに並んだ人を、振り向かずにいられない。

そうやって振り向き続ける人生で、何か良いことが過去にあったのだろうか。好みのタイプだったとか、憧れの芸能人だったとか。

それとも、金槌を振りかざした危険人物だったとか？


「その時僕、背後に殺気を感じたんですよ」

恋人を盗られたと逆恨みをした容疑者が、ホームで電車を待っていた会社員Aさんに後ろから殴りかかった事件は、Aさんの機敏な振り向きにより、間一髪で攻撃を避けることができました。

「日頃からよく振り向いていたから、ここぞというときに振り向けたんです」

ここが事件現場です。みなさん、わかりますか。

Aさんが避けたことにより、容疑者はホームの地面を叩き割ってしまいました。深い恨みを感じます。Aさんが振り向かない人間だったら、間違いなく頭蓋骨が砕けていたでしょう。

以上、現場から中継でした。

確かにそういうことがあったなら、常に用心深く振り向くはずだ。

私のように振り向かない人間は、背後から襲われたらひとたまりもないなぁー。

念のため測ってみたが、私の首はまったくもって平均的なスペックだった。上は50度、下は60度。左右に60度ずつ回してみても、特に痛みもない。毎朝就業前にラジオ体操をやらされているので、そんじょそこらの37歳より体はほぐれている。

振り向くという肉体の動き自体に問題があるわけではなさそうだ。

自分が少数派なのだと気付いたのは、道路を歩いていて、背後からぱぁぁぁんと派手な音がしたときだ。歩行者が一斉に立ち止まり、後ろを振り向いた。その時に、みんなの顔が見えたのだ。つまり、私だけが振り向かなかった。

おおかた紙パックのジュースを車が踏んだとか、子供が持っていた風船が割れたとか、そんなとこだろう。私が見たところでその現象には何も影響がないし、知ったところで話のタネにもならない。

誰も銃声だなんて思っていないことは明らかだ。そうなら、のんびり振り返ってい る場合ではない。よって、どちらにせよ、私は振り向かない。


今は過渡期だ。

街頭防犯カメラの話である。

まだ、あったりなかったり、映ってたり映ってなかったりする。でも今後、日本中のミステリ作家が、もう嫌だ！　誰も殺せない！　と嘆いて時代小説ミステリに走るかもしれないほど死角がない国になったら、振り向かない人間がカメラに記録されてしまう。

「おい、この女怪しいな。これだけのサイレンに一度も振り向かない」

「ああ、そいつはリストに挙がってるよ。過去に、工事現場から鉄骨が落ちても振り向かずに立ち去ってる」

新井所長、放火の容疑で逮捕。

「じゃあなぜ振り向かなかった！　お前がやったからだろ！」

なぜだろう。なぜ私は頑なに振り向かないのか。もしかして、やったのか？

だからあんなに、振り向く人に苛立つのか？

振り向くな！

振り向くなと言ってるのに、なぜお前ら人間は振り向いて人の顔を見るんだ！

ギリシャ神話でも、オルフェウスはハデスの忠告に背いて亡き妻を振り向いたがためにエウリュディケは冥界に連れ戻されてしまったんだぞ！　憶えていないのか？

あ、そうか。

だから私は、振り向くことが怖いんだ。

留置所で所長は悟った。

自分はオルフェウスの生まれ変わりなのだ、と。

そろそろお乗り換えをご検討

電車の時刻表を調べる習慣が全くなかった。

運悪く目の前でドアが閉まっても、２分待てば次が来る。２分のために駆け込むなんて、そこまで生き急いでないし、うっかりドアに挟まった時の恥ずかしさは、下手したら半日引きずる。

車内放送で車掌さんに叱られたりしたら目も当てられない。

停まったり停まらなかったりする気まぐれな駅はなかったし、酔っ払って寝ちゃっても隣の県まで行かないし、１時間で元の場所に戻ってくるだけだ。

今でこそ思う。

山手線はサイコーだ。

そりゃ沿線は家賃が高いわけである。

その予算では事故物件にしか住めないと不動産屋に諭されて、当時の勤務地だった池袋駅は諦める。

一人暮らしをするために都会を離れ、慣れない私鉄を使うようになった。急行はほとんど停まらない駅だ。

それでも半年くらいは、毎朝どの電車に乗るのかを決めなかった。支度ができたら家を出て、ホームに到着した電車にとりあえず乗る。朝なので、それほど間を置かずに来ることは来るのだ。

しかし、前に並んでいる人が、ドアが開いても乗らないことがあった。じゃあ先頭に立つなよ、と追い越して乗り込む私のことを、後ろで馬鹿だなと嗤っているような気がして、ことさら堂々と乗り込む。私はこれに乗りたくて乗っているのだ！

しかしというかやっぱりというか、そういう時は、たいてい気が遠くなるほど到着までに時間がかかった。

読書が捗ったと無理矢理ポジティブに考えても、駅から会社までの猛ダッシュを思うと、私鉄を恨みたくなる。まぎらわしい「途中から各駅停車」の準急め！

準急や快速は、途中の駅で急行と待ち合わせをすることもある。乗り換えることでどれだけ時間が短縮できるのかは知らないが、面倒だし、どうせ数分だろうからみみっちいような気がして、私はそのまま乗っていた。しかし車内は一気にガラガラになった。ほぼ全員ホームに降りてしまったからだ。

急行が発車するまでは、座って寝ることもできない。あの人、寝てて気づかないんだ、と誤解されてしまう。

誰か起こしてやればいいのに。可哀想に。

私は人から可哀想だと思われることが大嫌いだ。私は可哀想じゃない！

両腕を上げてストレッチをしたりして、広々として快適〜みたいな小芝居を打って、猛烈な不安を隠した。

さすがにこの電車、誰も乗ってないからって、予定を変更して車庫に帰ったりしないよね？

30年以上山手線一筋だった。学校も職場も、よく行くライブハウスも、全部山手線だけで行けた。だから、乗り換えるという能力がゼロなのだ。

引っ越してからさすがに必要になってダウンロードした乗り換え案内のアプリは、早・楽・安の優先順位を選べるが、もちろん楽で検索する。

乗り換え0が最も好ましい。


越してきてそろそろ1年、通勤の電車がぼんやり確定してきた。

ものすごく早いわけではないけど、そこそこ早く着いて、そこそこ空いている。

途中で「お急ぎの方はお乗り換えください」という待ち合わせのタイミングが用意されてないのが最も重要なポイントだ。

乗り換えサービスを提供されたのに乗り換えなかった自分は損をしたような気にさせられるが、そもそもそこまでお急ぎではないので、損はしていないはずなのだ。

その押しつけがましさは、行きつけのジェラート屋で突然始まったスタンプカードのようである。

今まで星の数ほど食べてきた分のスタンプを損したような気になるが、私は値段分のジェラートを確実に食べているので、何も損はしていない。今からジェラート屋に通う人が羨ましいような気がするが、君は食べたかった時にジェラートを食べたんだし、これからだってスタンプに関係なく食べるはずだ。

それって、20代の若さを羨むアラフォーみたいだな。君にも確実に20代はあった。じゅうぶん生きて、楽しんだはずだ。そうだろ？

何だか話がズレてきているような気がするが、とにかく乗り換えを推奨して私の心をいたずらに乱すのはやめてほしい。

私はスタンプカードは断る派なんだ。

年貢の納め時だ、観念しろ

顔写真入りの身分証明書が必要になり、運転免許証を探したら、期限が1年と2カ月切れていた。大変だ。気づかずに運転していたら、逮捕されるところであった。更新の通知を受け取った記憶はあるのだが、ちょうどその頃、人生で最も疲れていて、ポイッとしたきり忘れていた。どれくらい疲れていたかというと、その1年で歯を4本失ったほどだ。

父方の遺伝で、疲れが溜まると歯茎に膿が溜まる体質のため、いつも歯茎が痛くて、口が膿臭かった。ぎゅっと押すと、本当にびゅーっと出るくらい溜まっていた。汚い話で申し訳ない。職場のみなさん、その節はご迷惑をおかけしました。

口の中に膿がある人は、会えばすぐわかる。そして、取り除いたら、あ、もうなくなったな、とわかる。いわゆる口臭とは違う、独特の臭いがするのだ。

ただ、それを相手に伝えると傷つくかもしれないので、指摘したことはなかった。だから、私以外の人もあの臭いを嗅ぎ取っているのか、未だにわからない。どこか懐かしい、でも確実に死に近づいているような、鄙びた温泉宿の畳みたいな臭いがする。

免許証は期限が切れて1年を過ぎると、特別な事情がない限り、また最初から取り直さなければならない。そんなことは知らなかった。会社と同じで、知ろうとしなければ誰も教えてはくれないのが、行政というものである。

私は体質的に、車の運転は向いてない。運転をしながら車酔いするドライバーなどに、免許を与えてはいけないと思う。自覚があるから一度も乗っていない。そもそも身分を証明するためだけに取得したのだ。また時間とお金をかけて、車に酔いながら試験受けるなんて馬鹿げている。

まだそこまで高齢ではないが、返納したと思ってあきらめよう。

パスポートもとっくに期限が切れていた。海外出張も海外公演もないだろう。具体的な予定もなくうっかり取得したら、全てを捨てて逃げ出してしまいそうである。
ホストファミリーは、いつでもおいでと言ってくれている。実の両親より、連絡を取っているほどだ。アイラブカリフォルニアという特大マグネットを、冷蔵庫に貼っている。

もうマイナンバーカードしかない。無料で取得できるのは、これしかなかった。時は2017年9月、マイナンバーカード導入から実に1年8カ月の時が経っていた。その間ずっと、財布の中でヘロヘロになっている紙のカードが、顔写真がまだついていないだけの「まいなんばーかーど」なのだと思っていた。

しかしこれは、ただの通知でしかなかった。どうりで住民票を取得しようと、コンビニのコピー機にかざしてみても、読み取らないわけである。

さて、私が最も不得手とする、役所系の手続きに取り掛からねばならない時がきた。保険証1枚では、私が私なのだと信じてもらえない時代なのだから仕方ない。

有休を取って、実家がある区の役所へ行った。最も萎える、有休の使い方である。2番目が歯医者であるが、とりあえず症状が緩和するという点で、まだマシである。2軒の喫茶店休憩を経て、なんとか昼前に到着したら、窓口は大混雑。日課のTBSラジオ『ジェーン・スー　生活は踊る』が始まっていたが、番号の呼び出しを聞き逃しそうで、おちおち楽しめない。

ようやくマイナンバーカードの窓口に呼ばれたが、そこで、住民票を移していないことを指摘された。引っ越して1年が経過していると知って、係員は仰天していた。私が居を移したら、GPSか何かで感知して、自動的に住民票も移るものだと思っていたが、そこまで進化はしていないらしい。慌てて転出届を提出した。

そしてすぐさま引き返し、現住所の役所に、引っ越し後、初めて足を運んだ。ここでまた仰天されつつも転入届を済ませ、ようやくマイナンバーカードの申請に取り掛かった。

あれから1カ月、待ちくたびれた私の手元に、緑の封筒が届いた。

あまりにも遅いので、両隣のポストを毎日覗いたほどである。タイミングが悪ければ、通報されていた。

私が私であることを証明するのに1カ月もかかるなんて、よっぽど国に信頼されていないのだろうが、ようやくこれで、一件落着だ。

さぁ、いでよ、マイ、マイナンバーカード！

しかし、封筒の中にカードがない。

なんと、これはただの交付通知書だったのである。

仕事が多忙なため本人が来庁できないといった理由は、やむを得ない理由と認められておらず、委任を行うことができません。

思わず完コピしてしまったが、つまり、また有休を取って役所に来い、1カ月以内に来い、と言っている。

なぜこんな苦行を重ねてまで、私はマイナンバーカードを取得せねばならぬのか。

実は、人生をリセットしようと思っていたのである。

それには身分証明書が必要で、慌てて取得しようと足掻いたのだ。

しかし、もういい。この緑の封筒は、リセットやめとけ通知なのだ。


人生のうち、どうしても衝動を抑えられず、何度か積み上げたものを全てぶっ壊すということをしてきた。その都度人を傷付け、期待を裏切り、自分自身への信用を失くしていった。

でも、なんとかやり直すことができて、今ここにいる。

しかし、そろそろ年貢の納め時なのだろう。

こうして本だって出しちゃったし。

本当に年貢を納めないと不動産屋さんから怒られるし。

目出度い席で、年貢の納め時って言われる日も、そう遠くはないのかもしれないし。

おわりに

スーパーNには、青果の見切り品コーナーがある。

特に看板があるわけでも、パンや惣菜のように値引きシールが貼ってあるわけでもない。

でも明らかに様子のおかしい商品たちが、しれっと安値をつけられて、ひっそりとそこに身を寄せている。

入口から入ると果物、野菜と並んで、奥のお肉コーナーに曲がる手前に、そのドナドナワゴンは置かれていた。もちろんどなた様も全員売られていく運命なのだが、より売り飛ばしたい感が強い集まり故の命名どな。

その上で、ジュース用として二束三文で売られている桃みたいだなと思うのだ。

最近、自分のことを。4個で100円くらいの。

傷み始めた桃からは、エチレンガスが発生している。私も自分の体から、ついぞ嗅いだことのないような臭いがして、ギョッとすることがあるが、そういう話ではない。ドナドナワゴンへは、自ら志願して出向してきた。焦らず気負わず、自然の流れ。

新井見枝香37歳、まだ誰のものでもありません。

ここでどなたかにお求めいただけるのか、井森美幸のままでいくのかは、次作に綴ろうと思っています。

また書きたいらしい。

だって、自分で書いたエッセイは、何度読み返しても超面白かった。私は忘れっぽいので、毎回新鮮に驚くマッチポンプだ。

自分で書いて読んで書いて読んでと、うさぎのフンのように繰り返せば、家計はだいぶ助かるだろう。食費の次が書籍代であることは、家計簿なんぞつけてなくてもわかる。

だが、今のところ事態は何も好転していない。

仕事帰りには読みきれないほど本を買ってしまい、相変わらずスマホには、ご連絡したいことがございますメールが届いている。

バブルの匂いが残る編集者からは粉をかけられることもなく、飽きることなくつぶグミを噛み締めながら、全裸でタイピングをしている。

そういうことだったのか！　と今さらながら気づくことはあっても、書くことで心が入れ替わったり、急に賢くなったりということは一切ない。他人のエッセイを読むならまだしも、自分で書いたのだから、当たり前である。

しかし、失ったものならある。

深刻さだ。

過去に感じた怒りや悲しみが人生から消えることはないが、文章にした途端、深刻さを失い、それはもう、元には戻らなかった。全然笑えない話だったはずなのに。

このままずっと書いていれば、ずっとヘラヘラしたまま生きられるかもしれない。深刻さとはつまり、桃カバーだ。上等な桃にだけ穿かせる、あの発泡スチロールでできた白い網。エッセイを書きながら全裸になったように、あれもすっかり脱いでしまったのだ。

私にはもう、カバーは必要ない。持ち運ぶときの緊張感も、うっかりぶつけてしまったときの嘆きもない。なぜなら4個で100円だからだ。

さぁ、ジュースにでもしたまえ。

2017年12月　新井見枝香

新井見枝香（あらい　みえか）
東京都出身、1980年生まれ。アルバイトで書店に入社し、契約社員数年を経て、現在は正社員として営業本部に勤める成り上がり書店員。文芸書担当が長く、作家を招いて自らが聞き手を務める「新井ナイト」など、開催したイベントは300回を超える。独自に設立した文学賞「新井賞」は、同時に発表される芥川賞・直木賞より売れることもある。出版業界の専門紙「新文化」にコラム連載を持ち、文庫解説や帯コメントなどの依頼も多い。テレビやラジオの出演も多数。

カバー装画・イラスト　まんしゅうきつこ
カバー・本文デザイン　ティエラ・クリエイト（小沼修一）
校　正　河野久美子

探（さが）**してるものは**
そう遠（とお）**くはないのかもしれない**

発行日　2017年 12月 25日　第1版第1刷
　　　　2018年　2月 20日　第1版第4刷

著　者　新井（あらい）　見枝香（みえか）

発行者　斉藤　和邦
発行所　株式会社　秀和システム
〒104-0045
東京都中央区築地2丁目1−17　陽光築地ビル4階
Tel 03-6264-3105（販売）　Fax 03-6264-3094
印刷所　日経印刷株式会社

ISBN978-4-7980-5344-8 C0095